アンサーゲーム

五十嵐貴久

双葉文庫

目次

game preparation（準備） …… 005

instruction manual（ルール） … 015

discussion 1 （相談1） ………… 125

confirmation（確認） …………… 141

discussion 2 （相談2） ………… 179

hint（ヒント） ………………………… 215

last discussion（最後の相談） … 245

end of the game（ゲーム終了）… 281

game preparation（準備）

「ああ、疲れた」

フィッシュテールドレスの上に羽織っていたブルーのデニムシャツを脱ぎ捨てた里美《さとみ》が、ベージュのロングソファに腰を下ろした。

その頬《ほお》に軽くキスしてから、毅《たけし》は光沢のある紺のジャケットと、同色の蝶ネクタイをサイドテーブルに置いて隣に座った。

深く息を吐くと、里美も同じタイミングで息を吐いた。思わず顔を見合わせて笑った。

シャワーはどうすると尋ねると、それより眠いと里美が答えた。ごもっとも、と毅は大きくうなずいた。

「わかってはいたけど、結婚式って長いよな」

ホントに、とストレッチをするように背筋を伸ばした里美が、テーブルにあったクッキーを齧《かじ》った。

今朝、役所に婚姻届を提出し、里美が旧姓の田崎《たさき》から自分の姓である樋口《ひぐち》になったその足で、東京・銀座のセント・バレンタインチャペルへ向かった。六月、梅雨のシーズンに入っていたが、二人を祝福するように、信じられないほどの晴天だった。

式自体は昼の十二時からだったが、準備が始まったのは朝九時だ。ヘアメイクやドレスの着付け、親戚や学生時代の友人たちとの挨拶など、やらなければならないことは数限りなくあり、時間が足りないぐらいだった。

結婚式は流行の人前式で、カジュアルでありながら厳《おごそ》かな雰囲気の中、執り行われた。指輪の交換の時に毅の手が震えて、参列者たちから笑いが漏れたが、他は滞りなく進み、一時間ほどで終わった。

その後、同じ銀座にあるフレンチの名店、シェ・イザワへ移動し、六十人ほどが出席した披露宴が始まったのは午後二時だ。

披露宴は五時半過ぎに終わり、その一時間後には二次会がスタートした。要所要所で休憩は取っていたが、主役である二人はほとんど出ずっぱりだった。

二次会の終了予定は九時だったが、三十分近くオーバーして、ようやくお開きとなった。二次会会場のスペインバルから銀座四丁目の24カラットホテルのセミスイートルームに入ったのは五分ほど前で、十時を回っていた。着替えるのさえ億劫《おっくう》なほど、疲れていた。

「何か飲む？」

テーブルには色とりどりのブーケと、ハッピーウエディングのカード、そしてケーキやクッキーなどの菓子、シャンパンのボトルが入っているアイスペールが置かれていた。

「いらないって言ったのになあ」カードに記されている四人の友人の名前に目をやりながら、毅は苦笑を浮かべた。「二人でボトルのシャンパンなんか、飲めるはずないじゃないか」

みんな優しいよね、と里美がブーケを取り上げた。高校の同級生たちが手作りしてくれたものだ。

ありがたいとは思ってるけどさ、と毅はシャンパンを開けてグラスに注いだ。受け取ってひと口飲んだ里美が、シャワー浴びようかなとつぶやいた。

「明日の朝、羽田に八時でしょ？　もう十時半だよ。七時にはチェックアウトしなきゃならないし」

新婚旅行はバリ島だ。六泊七日、二人だけでのんびり過ごすことになっている。

早く寝た方がいいとわかっていたが、毅はシャンパンに口をつけながら備え付けのデッキにディスクを載せた。ブライダル会社が撮影してくれた挙式と披露宴のＤＶＤだ。二次会の間に編集を済ませ、ホテルまで届けてくれるというサービスで、チェックインした時、フロントで渡されていた。

いい結婚式だったな、とソファに腰を下ろして里美の肩を抱いた。うなずいた里美が頭をもたせかけてきた。

毅と里美は東京の丸の内に本社がある日本有数の総合商社、永和商事に勤務している。

同じ営業部に所属する先輩と後輩社員だ。

交際を始めたのは、二年前に里美が営業部へ異動してきた数カ月後で、毅は二十九歳、里美は二十六歳だった。交際は順調に進み、一年後に毅がプロポーズし、スムーズに結婚が決まった。

毅のお父さん、ボロボロだね、と里美が画面に顔を向けた。

「花嫁の父ならわかるけど、花婿の父があんなに泣くなんて、聞いたことないんですけど」

おれもそう思ったんだよ、と毅は困った時の癖で頭を強く掻《か》いた。

「どうしちゃったんだろうな、親父。おれがフォローしなきゃいけなかったのかもしれないけど、それどころじゃなかったし。みっともないから止《や》めろって言いたかったよ」

人前式なので、列席者たちが結婚の証人となる。司会を務めてくれたのは、同じ営業部の柴田《しばた》と女性社員の小幡《おばた》だった。

二人が列席者にこの結婚を認めますかと問いかけ、全員が拍手し、結婚が成立した。アットホームな雰囲気で式は進行していた。列席者たちが、カメラに向かっておどけた様子で祝いの言葉をかけたり、自分たちをハグするなど、祝福してくれている。

毅は画面の端を指さした。そこに映っていたのは、永和商事社長の市川英一《いちかわえいいち》、そして会長の轡田聡一郎《くつわだそういちろう》だった。

永和商事は轡田会長の父、轡田永吉《えいきち》が戦後創業した商事会社だ。その後、朝鮮特需の時、永吉が当時の民自党吉村《よしむら》内閣で大蔵大臣を務めていた岸野亨輔《きしのきょうすけ》と親交が深かったこともあり、飛躍的に業績が拡大した。

他の旧財閥系商社と同様に、永和商事も轡田家の力が大きい。

昭和五十五年、永吉の長男の聡一郎が社長に就任した。聡一郎は妻を早くに亡くし、子供がいなかったため、十年前に甥の市川英一が会長に退いた聡一郎の跡を継ぎ、現在社長となっている。

旧財閥系商社との違いは、聡一郎が社長を務めていた昭和五十年代から情報産業に力を注いだことだ。二十年前、アメリカのキューブスカイ社という社員四人の小さなPC用ゲームソフトを開発していた会社を買収し、巨額の資金を投入して全世界で最も利用されている検索エンジン〝QUBE《キューブ》〟を持つに至った。

永和商事が日本有数の商社になったのは、四十年前、まだ海のものとも山のものともつかなかった情報産業に目を付けたためで、聡一郎の慧眼《けいがん》は誰もが認めるところだ。

その永和商事の社訓は〝社員は家族なり〟というものだった。これは創業から現在に至るまで変わっていない。

傘下に五百以上のグループ会社を持つ永和商事の家族主義的経営の象徴は、そのグループ会社を含めて約四万人いる社員の冠婚葬祭に、社長もしくは会長が出席することだった。本社勤務の毅と里美の結婚式に参列するのは当然だが、二人揃ってというのは珍しかった。

期待されてるってことなんじゃないの、と里美が言った。そうかもな、と毅は照れ笑いを浮かべた。

結婚式に会長と社長が参列してくれたのは、里美の叔父、館山鉄平《たてやまてっぺい》が経営管理部門の取締役であることも関係しているはずだが、自分が勤める会社のトップが揃《そろ》って出席してくれたのは、三十一歳という若さで係長になっていた毅を、いずれ永和商事を担う未来のエース候補と考えているためだろう。

「叔父さん、無理しなくていいのに」

里美が画面を指さした。館山も披露宴に出席していたが、半月ほど前ジョギング中に捻挫《ねんざ》したという。右足を引きずりながら前に出て祝辞を述べるその様子は、確かに痛々しかった。

ひと月前、営業局長の畑中《はたなか》から新規プロジェクトへの参加の打診があり、成功すれば課長の椅子が待っていると耳打ちされた。承知しましたと即答したが、会社が毅の能力を高く評価しているのは確かだ。

DVDの映像が披露宴に変わった。相変わらず父親は泣き通しだった。情けないと思いながら里美の髪に触れると、やや厚い唇の間から、かすかな寝息が漏れていた。寝るなよ、と肩を揺すった。

「シャワーはともかく、ドレスは脱がないとまずいぞ」

里美が目を閉じたまま、あと五分とつぶやいた。無理もないか、と毅は頭を振った。二次会で飲み過ぎたせいか、急に酔いが回ってきていた。スマホのアラームを確認して、冷蔵庫から取り出したミネラルウォーターを半分ほど飲んだ。

シャワーを浴びようと、シャツのボタンを外そうとしたが、思うように指が動いてくれなかった。

部屋が暗くなったような気がした。まぶたが垂れ、眠気が一気に襲ってきた。

少しだけだとつぶやいてベッドルームに入り、そのまま横になった。リビングルームから拍手の音が聞こえた。

DVDを止めてないなと思ったが、面倒だと目をつぶった。少しだけ、三十分だけだ。別に構わないだろう。

急激に眠りの底に引きずり込まれていく感覚があった。よほど疲れているのか、体が重い。

物音がしたような気がした。ドアが開いた音。

空耳だろう。オートロックのホテルのドアを開ける者など、いるはずもない。

それが、最後だった。

instruction manual（ルール）

どこかで電子音が鳴っている。その音がだんだん大きくなっていた。スマホのアラームだ。

起きないとまずい。飛行機に乗り遅れたら、大変なことになる。

無理やり目を開けると、周りが赤く見えた。飲み過ぎで目が充血しているのだろうと思いながら、毅は上半身を起こした。全身が痛い。

二の腕をさすった。寝ていたのはベッドではなく、床の上だった。冷たく固い感触に、思わず顔をしかめた。

いつの間にか、ベッドから落ちていたらしい。それにも気づかないまま眠っていたのか。寝相がいい方ではないが、こんなことは初めてだ。

違う、ともう一度床に触れた。ホテルの部屋にはカーペットが敷かれていたはずだ。指で探ると、フローリングですらなく、剝《む》き出しになった鉄の板だった。24カラットホテルは、都内でも有名なシティホテルだ。鉄板の床など、あるはずがない。

目が慣れてきて、ぼんやりと辺りの様子が見えるようになったが、何がどうなっているのかわからなかった。

身につけているのは白いTシャツと、ブルーのストライプのトランクスだけだ。ドレスシャツを脱ごうとしていたことは覚えていたが、脱いだかどうかははっきりしなかった。スラックスもそうだ。脱ぐつもりはあったが、そこまでしただろうか。

そんなことはいい、と辺りを見回した。ここはホテルの部屋じゃない。

天井には裸電球がひとつぶら下がっていた。赤のカラーキャップを被《かぶ》せてある。全体に薄暗かった。立ち上がって手を伸ばすと、壁に触れた。やはり鉄製のようだ。

そのまま壁を伝って歩いた。狭くはない。

角に行き当たったところで方向を変えた。歩幅で壁一辺の長さがわかった。角から角まで、約十メートルほどだ。

一周したが、正方形のようだった。真四角の箱に閉じ込められているのだ。

見上げると、天井までの高さは五メートル近かった。電球の真下に小さなテーブルとパイプ椅子が置かれていたが、他には何もない。

「どういうことだ？　どうなってる！」

叫び声が大きく反響して、耳を押さえた。何なんだ、これは。

いったいどうなってる？　誰がこんな悪戯《いたずら》をした？

「神保《じんぼ》、お前だな？」大学時代のサークル仲間の名前を叫んだ。「飯塚《いいづか》もか？　本当にお前らは最低だな」

苦笑が浮かんだ。大学のオールラウンドサークルでは、三人でよく悪ふざけをしたものだ。あの二人なら、こんなことをしてもおかしくない。

していたはずの腕時計がなかった。窓がないので、外の様子もわからない。

「神保、飯塚、いや、それとも誰か別の奴かもしれないが、いいかげんにしてくれ」

椅子の背に手をかけたまま、毅は努めて冷静な声で言った。

「今、何時だ？　バリ島行きの便は午前十時発だ。二時間前に空港に着いていなきゃならないルールは知ってるよな？　多少遅れたって大丈夫だが、銀座から羽田まではタクシーを飛ばしても二十分はかかる。間に合わなかったらどうなると思ってる？　責任は取ってくれるんだろうな」

声が大きくなっていた。怒りを抑えきれない。冗談にしては度が過ぎている。いくら親しい友人でも、ハネムーンの朝にこんなことをするのは、人として最低だろう。

「おい、わかってるのか？　返事をしろ！　チケット代だって安くはないし、ホテルを押さえるのも大変だったんだ。今すぐここから出せ！　里美はどこだ？　一緒なのか？」

部屋を一周した時、ドアがないことに気づいていた。もちろん、そんなことはあり得ない。自分がこの箱の中にいるのだから、どこかにドアがあるはずだ。

すべて確認したつもりだったが、見逃したのか、それともわかりにくい場所にあるのか。

「誰だか知らないが、この辺で止めてくれ。今なら笑って済ませてやる。どうすればいい？　降参したと謝ればいいのか？　おい、何とか言え、いい加減にしろ、この野郎！」

いつの間にか、スマホのアラームは止まっていた。どこから聞こえていたのか、と毅は辺りを見回した。

薄暗いが、床は見えた。どこにもスマホはない。だが、さっきのアラーム音は大きかった。

どこかにスピーカーがあるはずだ。電球の明かりが届かない四隅にでも隠されているのだろう。毅のスマホのアラーム音を、そこから流していたのだ。

何のためにそんなことを、とスピーカーを探していると、正面の壁の中央がいきなり明るく光った。

鉄板だと思っていたそこに、モニターがはめ込まれていた。六〇インチほどのサイズだ。

椅子からモニターまで、約二メートルの距離があったが、画面はよく見えた。そこに映っていたのは、下着姿の里美だった。

音声は聞こえない。画面に里美の顔が大写しになった。頬が涙で汚れ、表情が歪《ゆが》んでいた。

叫び声を上げながら、毅はモニターに突進した。

＊

わけわかんない、と溢《あふ》れてくる涙を拭《ぬぐ》いながら、里美は床を這《は》った。

目が覚めたのは、頭痛のためだ。二日酔いかと思ったが、どこからか聞こえてくるアラーム音が頭の中で反響していた。

止《と》めてよと何度も言ったが、毅も眠っているのか、音はそのまま鳴り続けていた。仕方なく目を開けると、理解不能な光景が目の前にあった。

薄暗く、閉ざされた空間を、赤い光がぼんやりと照らしている。ホテルの部屋ではない、とすぐにわかった。

毅の名前を何度も呼んだが、返事はなかった。意味がわからない。ここはどこなのか。なぜ自分はブラジャーとショーツ姿なのか。どこでアラームが鳴っているのか。毅はどこにいるのか。

わからないまま、自分の体を探った。怪《け》我《が》はしていない。悪戯された形跡もなかった。

だが、かえって不安が強くなった。それなら、どうして自分はこんなところにいるのだろう。ホテルの部屋にいたはずなのに。

そして、強い尿意が下腹部を襲っていた。薄暗い照明の下、四つん這いになって床と壁を探っていると、白い洋式便器があった。

壁もパーテーションもない。剝き出しの便器だ。

何も考えられないまま、そこに座って用を足した。形は水洗便器だが、水が流れないことに気づいたのはその後だった。

よく見ると、便器の底に黒いビニールが貼られていた。十字に切れ込みが入っているが、その奥は見えない。

「助けて！　ここから出して！」

恐怖にかられて立ち上がり、四方の壁を叩いたが何も起きなかった。

体ごとぶつかってみたが、跳ね返されて床に倒れた。座り込んで涙を拭う以外、どうすることもできなかった。

部屋にあるのはテーブルと一脚のパイプ椅子だけで、他は何もない。しかも、どちらも床に溶接されていて、動かすことができなかった。

時間を確かめようと思ったが、結婚祝いに両親から贈られたカルティエはなかった。

夢を見ているのだろうか。だとしたら、とんでもない悪夢だ。

二次会を終えて、ホテルのセミスイートルームに入ったのは、数時間前のはずだ。どんなに長くても、七、八時間しか経っていないだろう。

シャワーを浴び、パジャマに着替えてベッドに入るつもりだった。五時間ほど寝たら、起きなければならない。

バリ島行きの便は午前十時で、それまでに羽田空港に着いていなければ、新婚旅行に行けなくなる。

ハネムーン、と里美はつぶやいた。定番のハワイか、行ったことがないタヒチか、それともセイシェル諸島か。

さんざん毅と話し合い、一度は深刻な喧嘩《けんか》にまで発展したが、結局二人とも行きたかったバリ島に決めた。

五つ星のフォーウインドウホテルのコテージ。毅と二人だけで過ごす一週間。誰にも邪魔されることのない新婚旅行。

それなのに、どうしてこんなところに閉じ込められているのか。冗談だとしたら最悪だ。

でも、許されるはずがない。

でも、本当に冗談なのだろうか。

里美は辺りを見回した。鉄板で囲われた密室には、ドアも窓もない。悪戯にしては、手が込み過ぎている。

拭っても拭っても、涙が溢れてきた。怖くて、全身の震えが止まらない。

誰か、誰か助けて。お願い、毅、ここから出して！

突然、目の前が明るくなった。顔を上げると、壁にはめ込まれたモニターが見えた。映っていたのは、下着姿の毅だった。

「毅！」

モニターに駆け寄って叫んだが、声が届いていないのがわかった。毅も自分を見ている。呆気《あっけ》に取られたような表情。里美、と唇が動いていた。

「ここよ、ここにいる！」里美は画面を叩いた。「毅、どこにいるの？　助けて、お願い！」

モニターと天井の赤い電球が同時に消えた。部屋が闇に包まれ、何も見えなくなった。

「助けて！」

叫んだ里美の前で、再びモニターがついた。メイクをしたピエロの顔が、六〇インチはあるだろう画面一杯に広がっていた。

＊

「アンサーゲームへようこそ！」

安っぽいファンファーレの後、ピエロが口を開いた。毅はその顔を睨《にら》み付けた。濃いメイクのため、人相や年齢はわからない。声にもエフェクトがかかっていて、性別も判別不能だ。

誰なんだ、と毅はモニターを保護している厚いガラスを叩いた。

「どういうつもりだ？　おれをここから出せ！　里美もだ。こんなことをして、どうなると思ってる？」

画面が切り替わり、里美の顔がアップになった。里美も、同じようにピエロを見ているのだろう。その表情でわかった。

オーバーラップされる形で、ホテルの部屋で見ていた結婚式の映像がモニターに映った。ブライダル会社が撮影したDVDをそのまま使っているようだ。

ピエロの正体がわかった。ブライダル会社の社員に違いない。

一種のサプライズなのだろう。自分か里美、どちらかの友人がブライダル会社に依頼して、こんなことを仕組んだ。わざと離れ離れにして、感動の再会を演出するつもりなのか。

「最低のサービスだな」悪趣味だ、と毅はモニターを強く叩いた。「吊り橋効果でも狙ってるのか？　あいにくだな、おれと里美にそんなものは必要ない。もう十分だ、さっさとここから――」

「コングラッチュレーション！」DVDの画像に被さるように、ピエロの声が流れた。「ご結婚、おめでとうございます。樋口毅様、田崎里美様。おっと失礼、既にお二人は正式に婚姻届を提出していますから、樋口里美様とお呼びするべきでしたね」

笑えないと吐き捨てた毅の前でカメラが引き、モニターにピエロの上半身が映った。

真っ赤な髪の毛、顔全体に真っ白なファンデーションを塗り、眉と目の周りは黒いアイシャドウで縁取られている。

大きなシルクハット、丸メガネと付け鼻、横縞のシャツ、肩パッドの入った黄色いジャケット、首回りにはピンクのベビースタイがあった。

まず自己紹介を致します、とテーブルに両手を載せたままピエロが言った。

「わたしは本日の第四回アンサーゲームのマスター・オブ・セレモニーを務めさせていただくMCピエロと申します。単にピエロとお呼びいただいても結構です。本日はよろしくお願いします」

何を言ってるんだ、と毅はガラスを蹴った。

「ブライダル会社の社員だな？　誰に頼まれた、神保か？　こんな下らない真似《まね》をするのは、あいつぐらいだ。悪い奴じゃないが、ここまで馬鹿だとは思ってなかった。さっさとここから出せ。神保とは二度と会わないし、口も利きたくない。今すぐ奴に――」

「毎回で申し訳ありませんが、ルール説明にお付き合いください」

聞いてないのかと怒鳴った毅を無視するように、ピエロがブルーで強調している唇の端を吊り上げて笑った。

「ルールは簡単です。今からお二人に十の質問を致します。非常に簡単な問題で、絶対に答えられます。何しろ、いわゆるクイズ的な正解はありません。アンサーゲームの目的はただひとつ、お二人の回答を一致させることです」

意味がわからない、と毅は腕を組んだままピエロを見つめた。

十の質問？　簡単な問題？　正解はない？　二人の回答を一致させる？

モニターの下部にあった鉄板が開いた。気づかなかったが、モニターの周囲の壁に何本かの溝が刻まれている。蓋になっていて、開閉可能なようだ。

そこに十枚のフリップボードとマジックペンが入っています、とピエロが淡々と説明を続けた。

「もう一度申し上げます。今からわたしが問題を出しますので、三十分以内に回答をフリップにお書きください。その後、モニターに向けていただき、お互いの回答が一致していればマッチングと見なします。正直なところ、三十分も必要ないと思いますが」

人間は無意味な時間の浪費に耐えられないとドストエフスキーも言ってます、とピエロが顔を歪ませて笑った。

「早い段階で回答をお書きになった場合には、テーブル右上にある赤のボタンを押してください。お二人とも押せば、三十秒でも一分でも、すぐモニターにお互いの回答が映し出されます」

下らないことは止めろ、と毅は顔を右の手のひらで拭った。お二人の回答が一致しなかった場合はミスマッチということになります、とピエロが楽しそうに言った。

「ミスマッチは三回でゲームオーバーになりますので、ご注意ください。ですが、ご安心ください。質問はお二人に共通するパーソナルな問題ばかりです」

パーソナルとはどういう意味だと叫んだ毅に、どうか冷静に、とピエロが大きな作り物の耳に触れた。

「お二人は出会い、愛し合い、昨日結婚式を挙げられたばかりの新婚カップルで、お互いのことを誰よりも理解しているはずです。愛があれば、必ず回答はマッチングします。おわかりですね？」

「さっぱりわからない。こんな馬鹿な話は聞いたことがない」

申し訳なく思っています、とピエロが頭を下げた。

「あまりにも簡単過ぎますので、馬鹿らしいと思われるのは当然です。ですが、これはアンサーゲームのルールなのです。ルールには従っていただくしかありません」

つきあってられるか、と毅はパイプ椅子を蹴飛ばしたが、微動だにしなかった。床に溶接されているようだ。テーブルも同様だった。

「加えて、お二人に有利なルールが追加されております」お座りください、とピエロが言った。「まず、三回まで相談ができます。これをディスカッションと呼びますが、希望される場合にはテーブル左下の白いボタンを押していただければ、スピーカーを通じてディスカッションが可能になります。ただし、ディスカッションは両者の同意がなければ成立しません。どちらか一人が希望されても、もうお一人が右下の青いボタンを押せばディスカッションは不成立となります。青いボタンを押さなくても、一分経過した時点で拒否したと見なします。ディスカッションできる時間は三十秒ですが、十分でしょう」

聞いてくれ、と毅は椅子に腰を下ろして、正面のモニターを見つめた。

「あんたの立場はわからなくもない。客のリクエストに応えるのはブライダル会社として当然だ。仕事として受けた以上、やるしかないんだろうが、こっちの身にもなってくれ」

ピエロが肩をすくめた。今、何時だ、と毅は小さく息を吐いた。

「もう朝だろう。おれと里美は八時までに羽田へ行かなけりゃならない。飛行機に乗れなかったらどうするつもりだ？　責任はどう取る？　サプライズと言っても、これはやり過ぎだ。さっさとここから出せ。この状況は明らかに監禁だ。警察に通報したっていいんだぞ」

どうやってです、とピエロが真面目《まじめ》な顔で尋ねた。

「どうやってって……110番通報するだけだ。おれのスマホはどこにある？　すぐ返せ！」

これですか、とピエロがにっこり笑いながら両手を掲げた。右手には毅の、左手には里美のスマホが握られていた。

「よろしいですか、外部への連絡手段はありません。その部屋には隠し扉がありますが、中から開けることは不可能です」

これは犯罪だ、と毅は怒鳴った。

「お前はおれと里美をホテルから拉致《らち》し、ここに閉じ込めた。そんなことをして、ただで済むと思ってるのか？　本当にまずいことになるぞ。悪いことは言わない。さっさとここからおれたちを出せ。今頃、おれたち二人をみんなが捜している。いずれは誰かが見つけるだろう。そうなったらおれはすぐ警察へ行くし、捜査が始まったら、お前は逮捕される。そんなリスクを――」

い、い、い、いい、そんなリスクはないのです、とピエロが真っ赤な舌を出して笑った。

「よろしいですか、まず、お二人が宿泊していたホテルですが、既にわたしの方でチェックアウトしておきました。次に航空会社ですが、こちらもキャンセルの連絡を入れてあります。バリ島のコテージにも、一日遅れるとメールで伝えています」

そんなことできるはずないだろうと叫んだが、メール一本で済む話ですよ、とピエロが落ち着いた声で言った。

「そして何より、誰もあなた方を捜してなどいません。お二人が今朝十時の便でハネムーンに向かわれることは、ご両親、親族、ご友人、会社の方、全員が知っています。休暇届を出しておられるはずですから、出社しなくても誰も不思議に思いませんし、今の時代、新婚旅行の見送りなど誰もしませんよ。連絡を取ろうとする無粋《ぶすい》な者もいません。あなただって、それぐらいおわかりでしょう」

返す言葉がなかった。ピエロの言う通りだ。

「無論、仕事の関係等の理由で、あなた方に電話したり、メールを送る人はいるかもしれません。ですが、返事がなくても仕方ないでしょう。何しろハネムーンですからね。生涯最高の思い出となる旅です。誰も邪魔をしようとは思いません。そうではありませんか？」

毅はモニターから目を逸らした。喉の奥から、不快な澱《おり》が迫《せ》り上がってくるようだった。

これは冗談ではないのか。本気でやっている？　だとしたら、目的は何だ？

目的はゲームそのものです、と見透かしたようにピエロが言った。

「お約束しますが、ミスマッチが二問以内であれば、隠し扉が自動的に開き、あなた方お二人はそこから出ることができます。十の質問に対し、時間を目一杯使っても、一問三十分ですから、トータル三百分、つまり五時間後には自由の身になれるのです。今日の便に乗ることは難しいでしょうが、ご安心ください。明日の同じ時刻の便を予約してあります。しかもファーストクラスにアップグレードしております」

チケットはこちらに、とピエロが胸ポケットから二枚の航空券を取り出してテーブルに置いた。

「新婚旅行が一泊短くなることについては、大変申し訳ないとお詫《わ》びするしかありません。ですが、その代わりに豪華商品を用意してあります。もうトイレはお使いになりましたでしょうか？　便器の後ろにボストンバッグがありますが、その中に現金一千万円が入っております」

毅は立ち上がり便器に向かった。ピエロが言った通り、後ろに小さなボストンバッグがあった。バッグを開くと、帯封のついた札束が十個入っていた。

「アンサーゲームをクリアすれば、賞金としてその一千万円を差し上げます。人生で一度の新婚旅行を一日短縮させてしまう代償とお考えください。もちろん里美様の方にもご用意しております」

そんなものはいいから、さっさとここから出せと毅はモニターに向かって怒鳴った。

「里美はどこだ？　無事なんだろうな。髪の毛一本でも傷つけていたら、絶対に許さないぞ」

ご自分はいかがですか、とピエロが肩をすくめた。

「どこかお怪我をされていますか？　そんなはずはありません。あなたにしても里美様にしても、移動の際には細心の注意を払っています。お二人を傷つけることなど、まったくあり得ません。それがアンサーゲームのルールです。さらに付け加えておきますと、マッチングすればプレゼントをわたしからさせていただきます。ただし、ミスマッチの場合は罰ゲームが待っております。この辺りは、ゲームのお約束ですね」

「金なんかいらない。もういいだろう。手の込んだサプライズだと認めるし、面白いと思ってるのかもしれないが、悪ふざけが過ぎる。だが、その責任を取れとも言わない。他言もしない。だから、ここから出せ！　里美と会わせろ！」

冷静に、とピエロがアルカイックスマイルを浮かべた。

「よろしいですか、あなた方お二人は愛し合って結婚されました。お互い、誓いの言葉を述べておられます。覚えておりますでしょう？」

映像が切り替わり、人前式の様子が映し出された。カメラが捉えているのは、列席している人達の前で誓いの言葉を述べている毅、そして里美の姿だった。

『本日、私たち二人は、皆様の前で結婚の誓いを致します。今日からは心をひとつにして、お互いに思いやり、励まし合い、力を合わせて、皆様に安心していただける夫婦になることを誓います』

声を揃えて同時に言った後、二人が代わる代わるお互いへの誓いの言葉を続けた。

『私、樋口毅は里美さんを生涯妻とし、幸せや喜びを共に分かち合い、悲しみや苦しみは共に乗り越え、永遠に信じ合い、愛し合うことを誓います』

『私、田崎里美は毅さんを生涯夫とし、思いやる気持ちを忘れず、お互いを大切にし、かけがえのない存在となり、わかり合える夫婦となることを誓います』

素晴らしい、とピエロが手袋をはめた手で拍手した。

「まさに理想のカップル、完璧なご夫婦です。堂々と胸を張って、質問にお答えください。必ずお二人の回答がマッチングすると信じております」

いったい何がしたいんだ、と顔を両手で覆った毅に、アンサーゲームです、とピエロが答えた。

「さて、早速ですが始めさせていただきます。第一問はこちら！」

けたたましいファンファーレと共に、モニターに文字が浮かび上がった。

『あなたたちが最初に会ったのは、いつ、どこでしたか？』

＊

床にしゃがみ込んだまま、里美は涙を手の甲で拭った。頭が混乱して、何も考えられない。

目の前のモニターでピエロが説明を続けていたが、大半は頭に入らなかった。意味が理解できない。

アンサーゲーム、マッチング、ミスマッチ、ディスカッション、そんなワードを嬉々として喋《しゃべ》っているピエロの顔を見るのが怖かった。

唇の両端に白い泡が浮いていたが、それもメイクの一部なのだろうか。お願い、と足を揃えて椅子に座り直し、両手を合わせた。

「もう止めて……助けてください」

ずっと泣いていたため、声が嗄《か》れていた。毅、と叫ぼうとしたが、咳《せ》き込んだだけだ。喉が痛かった。

ピエロが説明を続けている。恐怖と混乱で思考停止状態になっていたが、ようやく要点がわかってきた。

ピエロが出した質問に答えて、それが毅の回答と一致すればクリア、ということらしい。一問についてタイムリミットは三十分で、ディスカッションという制度を使えば毅と相談できるが、それは三回までに制限されているという。

「さて、早速ですが始めさせていただきます。第一問はこちら!」

モニターに文字が浮かび上がった。


『あなたたちが最初に会ったのは、いつ、どこでしたか?』


「たった今から、ディスカッションのリクエストを受け付けます」ピエロの声が文字に被さった。「一分以内に、お互いがテーブル上の白いボタンを押せば、三十秒間会話ができます。どちらかが青いボタンを押した場合は拒否ということで、ディスカッションなしでお答えいただくことになります」

テーブルの上で、白いボタンが点灯していた。躊躇《ちゅうちょ》することなく、里美はそれを強く押した。

何でもいい。毅と話したい。声を聞きたい。無事を確かめたい。

だが、ボタンは点灯したままだった。何度も押していると、不意に明かりが消えた。

樋口様が青のボタンを押されました、とピエロの声がした。

「従って、ディスカッションは不成立です。それではお答えください。三十分以内にフリップに直接回答を書き込んでいただき、モニターに向ければそれで結構です」

どうして、と里美はテーブルに手をついて立ち上がった。毅はなぜ白いボタンを押さないの?

モニターが二分割され、左側に問題が、そして右側に数字が浮かんだ。

30：00となっていた数字が29：59、29：58と変わっていく。カウントダウンが始まっていた。

すべてに対して、怒りが込み上げていた。この状況も、ピエロも、そして毅にも。

どうして毅はあたしとのディスカッションを拒否したのか。心配ではないのか。

怒りが他の感情を圧倒し、恐怖を忘れさせた。質問に対しても腹が立っていた。こんなつまらない問題があるだろうか。どうしてわかりきったことを聞くのか。あたしたちのことを、馬鹿だと思っているのだろうか。

毅と初めて会ったのがいつ、どこだったか、忘れるはずがない。

開いていたモニター下の棚から、フリップとマジックペンを取り出し、入社式と書いた。

毅は里美の三期上の先輩社員で、出身大学も違う。それまで会ったことなどなかった。初めて会ったのは、入社式以外ない。

永和商事は毎年約五十人の新入社員を採用し、四月の第一月曜日に入社式を行う。その場所は丸の内本社の大ホールで、本社勤務の全社員が出席し、新入社員を迎え入れることになっていた。

社長以下、平社員に至るまで例外はなく、四月の第一月曜日の午前九時から始まる入社式には全社員が顔を揃えるし、毅もその一人だったのはわかっている。彼と初めて会ったのは入社式の時だ。

フリップに書いた回答を見つめ、二重線でそれを消した。「会った」というのは、何を意味しているのだろう。

永和商事の本社に勤務している社員は約二千人いる。彼らはランダムに大ホールに入り、用意されている椅子に座るだけで、席順も決まっていない。

その大ホールに毅がいたことは確かだが、どこに座っていたかと言われてもわからない。二千人のうちの一人に過ぎないのだ。

里美が入社した年、同期社員は四十八名だった。全員が壇上に立ち、社長から名前を呼ばれて社章と記念品を渡されるだけの式だが、多くの会社がそうであるように、どんな新入社員が入ってきたのかと社員たちは興味津々で見ていただろう。

あの時、毅が田崎里美という新人女性社員がいるのを知ったのは間違いない。でも、それは「会った」ことになるのだろうか。

「会った」というのは、どういう状況を指すのか。例えば言葉を交わせば「会った」ことなるのか。

初めて毅と話したのは、入社式の翌週から始まった新入社員研修の時だった。

正式な配属が決まる五月末まで、新入社員は総務部付という形でいくつかのグループに分かれて社内の全部署を回り、業務内容などについて説明を受ける。

部署によっては、実際に電話を受けたり、会議に出席することもあった。その中のひとつに営業部があった。

里美が営業部で研修を受ける際、すでに終えた新入社員たちから、樋口毅という優秀な若手社員がいるという噂が伝わっていた。イケメンで、女子社員の中には、狙っていると公言する者もいたほどだ。里美も口にこそしなかったが、興味はあった。

有名国立大卒、入社四年目の二十五歳、一八二センチの長身、モデルのようなルックス。

営業部での研修の際、新入社員に業務内容を説明したのが毅だった。フロアを案内し、ジョークを交えて営業部員を次々に紹介していったが、そこまでした者は他の部署にいなかった。

何か質問はありますか、と最後に言われた時、里美は真っ先に手を挙げた。何を聞いたかは覚えていないが、つまらないことだったのは確かだ。

自分の存在を印象付けたかった。そのための質問に過ぎない。

営業部での研修が終わった後、同期の女子社員から、抜け駆けだと責められたが、それも今となってはいい思い出だ。

あの時、あたしたちは初めてお互いを認識した。それが「会った」ということなのだろうか。

ただ、認識したといっても、意識したわけではない。当時、里美には大学の時から交際していた相手がいたし、後で聞いた話だが、毅にも恋人がいた。印象を残したいと思ったことに、それほど深い意味はなかった。

そうなると「会った」のは、営業部へ異動した二年前の四月だろうか。その頃、二人には恋人がいなかった。

毅がいた第一課に配属されたのは偶然だが、その後男性として強く意識するようになった。毅の方もそうだった、と後で聞いた。

実際に付き合うようになったのは、異動して少し経ってからだが、それが「会った」ということなのか。

いつ、どこで会ったか、という設問をどう解釈していいのかわからなかった。同じ時間に、同じ空間にいたら、それが「会った」ことになるのか。

それとも、挨拶や何か言葉を交わした時か。あるいは、お互いの存在を意識した時なのか。

マジックペンを握ったまま、動けなくなった。モニターの数字が15：00から14：59に変わっていた。

＊

モニターの数字が14：59に変わった。曖昧《あいまい》過ぎる、と毅はテーブルを拳で叩いた。

「感覚の問題じゃないか！　どう答えろっていうんだ？」

返事はなかった。モニターの数字が、刻々とゼロに向かって動き続けているだけだ。

冷静になれ、と毅はつぶやいた。もちろん、これは悪い冗談だ。誰がやっているにせよ、悪趣味もいいところだが、いずれは解放される。

ただ、はっきりしているのは、ゲームを仕掛けている者が、ゲーム終了まで自分と里美をここから出さないと決めていることだ。

出題された第一問を見て、ディスカッションボタンを押さなかったのはそのためだった。ピエロはジョークやギャグを交えて話していたが、ルールを厳守させることに強くこだわっているのが、声音でわかった。

今はルールに従ってアンサーゲームをするしかない。ディスカッションのチャンスは三回しかないのだから、こんな簡単な問題のために使うのは損だ。

里美のことが心配だったが、モニターの映像を見ている限り、怪我などはしていないようだった。怯《おび》えて泣いていたが、芯は強い性格だから、すぐに落ち着きを取り戻すはずだ。

下着姿なのが不安だったが、自分自身もそうであるように、何かされたわけではないだろう。無事なのは確かだから、今は一刻も早くここから出ることを考えるべきだ。

この十五分の間に、改めて部屋の中を調べ直した。四方の壁、そして床が鉄板でできていること、叩いても蹴っても傷ひとつつかなかったこと。

その時の反響音で、鉄板が二重になっていることもわかった。薄赤い電球が照らしている天井も、やはり鉄板のようだ。

頑丈な造りで、ピエロが言っていたように、どこかに隠し扉があるのだろうが、見つけることはできなかった。

モニターのある壁面に何本か刻まれている溝に、指を引っかけてこじ開けようとしたが、どうにもならなかった。

数分に一回、里美の姿がモニターに映った。確実なのは、モニターそのものにカメラが仕込まれていることだ。映っている里美の姿のほとんどがモニターに正対しているのだから、それは間違いない。

自分の映像も里美は見ているだろう。彼女のモニターにも同じ位置にカメラが組み込まれているはずだ。

ただ、時折別角度からの映像が映し出されることから、他にもカメラがあるのは確かだった。壁面のどこか、あるいは天井の四隅ではないか。

撮影されている角度から、だいたいの場所は見当がついたが、今のところカメラ本体は見つけられずにいた。部屋は薄暗く、隅まで確かめることは難しい。他にも、マイクやスピーカーがどこかにあるのだろう。

わからない、と毅は首を振った。新郎新婦に仕掛けるサプライズとして、許されることではない。ここを出たら、告訴でも何でもするつもりだったが、サプライズにしては徹底し過ぎていないか、という疑念が胸を過《よぎ》った。

何のためにここまでしなければならない？　どんなメリットがある？

この部屋自体もそうだが、設備にも大金をかけているようだ。便器の後ろにあった一千万円の札束も本物で、サプライズのために用意できる金額ではない。

打ち消しても打ち消しても、湧き上がってくる不安は消えなかったが、それをねじ伏せるように、誰がこんなことをしてるんだと叫んだ。

返事の代わりに、アラーム音が鳴った。モニターの画面が赤と青の点滅を繰り返している。1：00、という表示が浮かんでいた。残り時間、一分。

回答自体に迷いはなかった。里美と、いつ、どこで会ったか、忘れるはずもない。問題を出した奴は、何にもわかっていない。

入社前から、田崎里美のことは社内の噂になっていた。経営管理部門の館山役員の姪で、お嬢様学校として有名な朱空大学のミスキャンパス、という情報が人事部から流出したためだ。流出というと大げさだが、気が利く人事部員がいたのだろう。

入社式の時、初めて里美を見た。その美しさは、社員席から見ても際立っていた。とはいえ、あの時のことを「会った」と言う者はいない。里美にしてみれば、自分は二千人いる本社社員の一人に過ぎないし、名前も知らなかったはずだ。

その後、約五十人の新入社員の一人として、里美は営業部の研修にやってきた。業務内容を説明したのは自分だが、それも「会った」というのは違う。

社内に部は二十以上あり、課に至っては百近かった。研修期間中のことなど、里美が覚えているはずもない。

六月になって里美が配属されたのは秘書課で、そこに四年ほどいた。営業部と秘書課の間に、直接の接点はない。

廊下ですれ違った時、頭を下げるぐらいのことはあったが、それも「会った」ことにはならない。

結局、二人が「会った」のは、二年前に里美が営業部へ異動してきた時だ、と毅はフリップにマジックのペン先を当てた。

同じ営業第一課に配属された里美と、もう一人の女性社員の指導係を命じられ、二人と話すようになり、里美に好意を持つようになった。

里美もそうだったと後で知ったが、あの時、二人は初めて「会った」のだ。

「会った」という以上、それなりに話したり、接触がなければならない。それ以外を「会った」と表現するとしたら、毎日駅や通勤電車の中で、何百、何千という人と「会って」いることになる。常識で考えれば、それを「会った」とは言わない。

あと十秒です、とピエロの声が響いた。

「回答を書き込みましたら、フリップをモニターに向けてください」

王様にでもなったつもりかと吐き捨てるように言って、フリップをモニターに向けた。

タイムアップ、という声と共に画面が切り替わり、ピエロの姿が映った。

「お二人の回答が出揃いました。それでは、オープン・ジ・アンサー！」

モニターに里美の姿が映し出された。手にフリップを持っている。目が左右に泳いでいた。

フリップに記されていた文字を見つめて、毅は目をつぶった。そこには『6年前の入社式』と書かれていた。

「ミスマッチ！」

残念でした、とピエロが机を叩いた。哄笑《こうしょう》がいつまでも続いた。

テーブルを叩いて笑っているピエロ。フリップを手に顔を真っ青にしている里美。そして呆然《ぼうぜん》としている自分の顔が、交互にモニターに映し出された。

いいかげんにしろ、と毅はフリップを床に叩き付けた。

「いつまで笑ってれば気が済む？　癇《かん》に障《さわ》るんだ、お前の声は。その口を閉じろ、馬鹿野郎！」

失礼しました、とピエロが真顔になった。同時に、毅の中で里美に対する苛立《いらだ》ちが強くなっていた。

六年前の入社式。そんなわけないじゃないか。

確かに、あの時自分は里美を見た。入社前から噂になっていて、興味を持っていたからだ。

ただ、それはあくまで興味であって、実際に付き合いたいとか、そういうつもりはなかった。

里美の方は、入社式の何をもって「会った」と考えているのだろうか。ホールの廊下ですれ違ったのかもしれないが、それは「会った」と言えないだろう。

*

里美はお嬢様育ちの箱入り娘で、多少天然なところがある。それにしても、ここまでとは思っていなかった。

大変申し訳ありませんでした、とピエロが真っ赤な舌を出した。

「何しろ第一問でのミスマッチは、過去に例がありませんでしたので……お二人とも自信がおありのようでしたし、すんなりマッチングすると思い込んでいたものですから、つい笑ってしまいました。MCとしてあるまじき失態です。反省しております」

もういい、と毅は正面からモニターを睨みつけた。

「お前がどう思おうと勝手だが、言いたいことがある。設問がおかしくないか？」

どういうことでしょう、とピエロが首を傾げた。意味が曖昧過ぎる、と毅は怒鳴った。

「〝会った〟というのが何を指しているのか、その説明がない。〝会う〟という言葉の定義は、人それぞれだ。個人差があり過ぎて、回答がマッチングするはずない。こんなのは茶番だ」

おやおや、とピエロが更に首を傾げた。ほとんど肩につくほどで、本物の人形のようだった。

「お二人は結婚式において、誓いの言葉を述べられていたはずです。お互い愛し合い、信じ合い、理解し合い、わかり合っていると。あの言葉は嘘《うそ》だったのでしょうか」

そんなはずはありません、とピエロが首を曲げたまま両手を大きく横に広げた。

「わたしが過去に見てきた何百何千何万というカップルの中でも、ベストと断言してもいいほどお似合いの二人です。お互いの愛情も、誰よりも強く、深く、大きいでしょう。誓いの言葉に嘘など混じる余地はありません。ですよね？」

皮肉は止《よ》せ、と毅は顔をしかめた。失礼しました、とピエロがゆっくりと首を元に戻した。

「もちろん、どれだけ愛情が深くても、考え方に多少の相違があるのは当然です。男性と女性という性差だけでも、違いはありますからね。第一問でそれが明確になったのは、今後アンサーゲームを進めていく上で、お二人にとってむしろ有利に働くのではないでしょうか」

もういい、と毅は横を向いた。うんざりだ。ピエロも、アンサーゲームも、この状況も。

ただ、ひとつだけ忠告させていただきます、とピエロが口を開いた。

「ディスカッションのチャンスは三回ある、とわたしは最初に申し上げました。失礼ながら、少々安易に考えておられたのではありませんか？」

「安易？」

「アンサーゲームという名称ですが、ゲームというワードを遊びと捉えるのはいかがなものかと存じます。辞書を開けば、ゲームとは一般に遊び、遊戯を指しますが、語源的には戦い、猟、獲物という意味があります。戦いで勝利を得るためには、作戦が重要でしょう。戦いを始める前に、お二人はまずディスカッション、つまり作戦会議をされるべきだったのです」

真剣に向き合った方がよろしいかと存じます、と言ったピエロが口をつぐんだ。

こんな冗談にどう向き合えというんだ、と叫んだ毅の耳に、それでは罰ゲームの執行ですという声が響き、同時に天井の赤い電球が消えた。

「十秒後、モニターも消えます。あなた方は真の暗闇に取り残されます。何も見えないというのは不快なことでしょう。同情しております」

言葉が終わるのと同時に、モニター画面が消え、一瞬で部屋全体が闇となった。

いいかげんにしろ、と立ち上がった足がテーブルに当たり、痛みに膝を押さえた。

「おい、話を聞け！　とにかく明かりをつけろ！」

本能的に湧き上がってくる恐怖感を堪《こら》えながら叫んだが、返事はなかった。

どういうつもりだ、と自分の体を探った。ぶつけた膝が痛んだが、出血はしていないようだ。

「これじゃ何も見えない。アンサーゲームも何もないだろう。何をしたいのかわからないが、明かりをつけろ！」

椅子から下り、慎重に歩を進めると、前に伸ばした手に壁が触れた。何も見えない真の闇の中、壁を調べたが、どこにも隙間《すきま》はなかった。

畜生、なぜだとつぶやきながら、冷静になれと自分自身に言い聞かせた。

自分がここにいるのは、誰かが中へ入れたからだ。絶対に出入口がある。隠し扉が壁に埋め込まれているとしても、ドアノブや取っ手のようなものがなければおかしい。

壁と床を何度も叩いたが、壊れることはおろか、へこむことさえなかった。傷さえついていないだろう。

悪戯ではないのか。だとしたら、目的は何だ。

わからないまま目を凝らして辺りを見つめたが、何も見えなかった。

＊

暗闇の中、里美は椅子に座って自分の肩を抱いていた。体の震えが止まらない。恐怖と不安で混乱していた。

明かりをつけて、と何度叫んだかわからないが、何の答えもなかった。いつの間にか叫び声は嗚咽《おえつ》に変わり、それさえ止まっていた。

過呼吸になっていることに気づき、息をゆっくり吸って吐くと、ようやく少し落ち着いた。毅と両親の顔が頭を過ったが、助けを求めてもどうにもならないのはわかっていた。

第一問がマッチングしなかったのは自分の判断ミスだった。

「会った」という言葉の定義について、もっと深く考えるべきだった。というより、気が動転していて、それどころではなかった。

「会う」という言葉には、コミュニケーションがあったという意味が含まれる。それが常識的な考え方だ。

だが、設問が曖昧なため、「会った」とは何を指すのか、具体的に示されていなかったから、解釈が分かれるのは仕方ないだろう。

毅にも責任がある。ピエロが言っていた通り、まず最初にディスカッション、つまり話し合うべきだった。

この状況では、何よりもまずお互いの安否確認が優先される。そのためには、話すのが一番早い。声を聞くだけでも、感覚を共有することができただろう。

ディスカッションさえしていれば、初めて会ったのはいつ、どこでという簡単な問題で、ミスマッチなどあり得なかった。

毅の考えはわかっていた。頭の回転が速く、有能なビジネスマンだ。

ディスカッションのチャンスは三回しかないのだから、簡単な問題のためにその一回を使うのは効率が悪いと考えたのだろう。

それが間違っているとは言わない。メリットデメリット、効率面から考えれば正しい選択だ。わかっていたが、どこかに苛立ちもあった。

異常な状況に置かれていることがわかれば、効率や計算より感情が先に動く。それが人間だろう。

毅はあたしのことを心配していない？　無事を確認しようとは思わなかったの？

モニター越しに毅の姿を見ていたが、下着姿だった。彼も同じようにあたしの姿を見たはずだ。

あたしがそうしたように、毅も自分の体を探っただろう。悪戯をされていないか、怪我はしていないか。

傷などがないことを確認し、あたしも同じだと判断したのだろう。実際にその通りで、髪の毛一本も傷ついていない。それでも恋人、あるいは夫なら、心配するのが普通ではないのか。

毅のことを愛しているし、結婚して幸せと喜びを感じていたが、心の中にひとつだけ不安があった。

毅は計算が先に立つ性格で、何事においても効率を重視するところがある。

一流大学を優秀な成績で卒業したエリート。社内の若手社員の中でもトップのポジションにいる。何事もそつなくこなし、上司や先輩、同僚や後輩からの受けもいい。

理想的な男性だと思っていたし、交際を申し込まれた時から、結婚するつもりだった。ルックスも良く、あらゆる面で魅力的だ。夫として、彼以上の男性はいない。

ただ、時々、ほんの一瞬、その完璧さが気になる時があった。悪い意味ではなく、それも魅力のひとつだし、頼もしいとさえ思っていた。それでも、拭い切れない染みのような何かを感じていたのは本当だ。

ディスカッションする必要はないと彼は判断し、白いボタンを押さなかった。それは正しいとわかっていたが、それでもこの状況では声を聞きたかった。

大丈夫か、というひと言があれば、もっと落ち着いて考えることもできただろう。

でも、と頭を振った。今なら間に合う。毅なら修正できる。自らの過ちにも気づいているはずだ。

いつまでもこの状態が続くはずがない。ピエロは全十問のアンサーゲームと言っていた。

この暗闇の中では、フリップに答えを書くことすらできない。いずれ必ず照明がつく。今は待つしかない。

口の中に溜まっていた唾を飲み込んだ。今欲しいのは明かり、そして水だ。

考えに集中していたためか、体の震えは収まっていた。

＊

暗闇の中で、毅は時間の感覚を失いつつあった。一分が一時間の長さに感じられる。あるいは、一時間を一分と錯覚しているのか。

何度かピエロに呼びかけたが、返事はなかった。最初のうちは声も出ていたが、今は喉が嗄《しゃが》れ、老人のような嗄れ声になっていた。

頭の中にあるのは、水のことだった。水が飲みたかった。

結婚式の二次会後、ホテルの部屋に入った時にミネラルウォーターを飲んでいたが、あれから何も飲んでいない。

正方形の部屋はほぼ完全な密室で、換気もされていない。そのため、余計に渇きは強烈だった。

トイレを確かめたが、形式は汲《く》み取り便所と同じで、水は流れない仕組みだ。水分を取っていないのに尿意だけはあり、暗闇の中二度小用を足していた。

もう許してくれ、と毅は床に尻をつけたまま呻《うめ》いた。しばらくの静寂の後、ピエロの声が流れ出した。

「いかがでしょう、アンサーゲーム、楽しんでおられますでしょうか。残念ながら、第

「問はミスマッチになりましたが、ゲームオーバーではありません。つまり、挽回のチャンスはあるということで――」

もう止めよう、と毅は顔を上げた。

「ギブアップと言えばいいのか？　この状況は明らかに拉致監禁だ。誘拐のつもりなら、おれの親も里美の実家もそれなりに金はある。身代金を要求すれば、会社も応じてくれるだろう。いくら欲しいんだ？」

心外ですね、とピエロが言った。

「拉致監禁？　誘拐？　そのような犯罪行為ではありません。これはアンサーゲームなのです」

「ふざけるな、どこがゲームなんだ？」

お金を払えば解放されるようなゲームに、何の面白みがあるというのでしょう、とピエロが舌打ちした。

「そんなつまらないゲームに興味を持つ者など、おりませんよ。よろしいですか、ルールは簡単です。アンサーゲームをクリアすれば、あなたたちはそれだけで解放されます。しかも豪華商品と高額賞金というオプションまで手に入るんです。こんなフェアなゲーム、他にはないでしょう」

どこがフェアなんだ、と固定されている椅子に手を掛けて立ち上がった。しばらく、沈黙が続いた。

「判断ミスがあったことは、認めざるを得ません」ピエロのため息が部屋に流れた。「何しろお二人は過去に例がないほど相思相愛のベストカップルです。まさか第一問でミスマッチが起きるとは思ってもいませんでした。それはわたしのミスです。そこで提案があるのですが、聞いていただけますか」

何だ、と毅は怒りを堪えて唾を飲み込んだ。

「司会者としての権限で、今から五分間のトークタイムを設けます」

いかがでしょう、とピエロが言った。返事をする前に突然正面のモニターがつき、毅は思わず目を手のひらで覆った。

闇の中に里美の顔が映し出されている。決して明るい光ではなかったが、闇に慣れた目には、それさえ眩《まぶ》しかった。

里美も同じなのだろう。目を押さえながら、まばたきを繰り返している。

そのままモニターに近づいてください、とピエロの声が流れるのと同時に、モニター下部の蓋が音を立てて開いた。

「トークタイム用のPHSが入っています。お使いください」

手を差し入れると、固い塊の感触があった。取り出すと、最近ではほとんど見ることのないPHSの端末だった。

躊躇せず、110と番号をプッシュした。二度目の呼び出し音で相手が出た。

「助けてくれ！　わたしは樋口毅と言って、正体不明の人物に誘拐されました。今、どこにいるかもわかりませんが、電波の発信元をたどれば――」

残念でした、という声が耳元でした。

「あなたは間違っておりません。誰でも警察に助けを求めるでしょう」ピエロの含み笑いが聞こえた。「ですが、それは予測済みの要素です。そのPHSは内線専用になっていまして、外線は110でも119でも、どの番号を押しても繋《つな》がるのはわたしなんです」

「それなら最初からトランシーバーを用意しておけよ！」悪趣味だ、と毅はPHSを握りしめた。「わざとPHSにしたんだな？　からかっているのか？」

違います、とピエロが言った。

「通常のトランシーバーですと、不特定多数の人間に聞かれる恐れがあります。PHSならその心配は不要です。わたしと話がしたいのであれば、いくらでもお付き合いしますが、それでよろしいのでしょうか？　それとも里美様と――」

里美と話をさせろ、と毅はPHSをモニターに突き付けた。では1を押してください、とピエロが言った。

「それで里美様と繋がります。会話が始まりますと、五分後、自動的に通話が切れるように設定してありますので、ご注意ください。要領よく話すのが肝要かと存じます」

ピエロとの通話を切り、1のボタンに指を掛けたが、そのまま目をつぶった。

落ち着け、まず考えろ。

ピエロの言っていることは正しい。五分は短い。何も考えずに話せば、あっと言う間に終わってしまうだろう。

要点を整理しろ、と自分に言い聞かせた。まず里美が無事かどうか、その確認が先だ。そしてお互いの状況を伝え、覚えていること、わかったことがあれば、それを聞き出さなければならない。

この際、ピエロが誰なのか、ここはどこなのか、そんなことはどうでもいい。この部屋から脱出するための手掛かりを探ることが最優先だ。

もちろん、アンサーゲームへの対策も話し合わなければならない。ここから出るために一番早い方法は、ゲームをクリアすることだ。そして――

いきなり着信音が鳴り出した。思わず毅は通話ボタンを押した。

＊

里美、という嗄れた声が耳元でした。毅、と里美は精一杯大きな声で答えた。

「どこにいるの？　どういうことなの？　助けて、お願い！」

冷静になれ、と毅が言った。

「まず落ち着け。どういうことなのか、おれにもわからない。無事なのか？　怪我はしていないか？」

大丈夫、と涙を堪えながら里美は言った。毅も混乱しているのだろう。声に不安と恐怖が混じっていた。

「モニターでそっちの画像を見た。おれのことも見たな？　二人とも下着しか身につけていない。そうだな？」

うん、と小さくうなずいた。毅は怯えを意志の力だけで抑えようとしている。あたしもそうでなければならない。

叫び出しそうになる口を右手で塞《ふさ》いだ。こっちの部屋を調べた、と毅が囁《ささや》いた。

「隅から隅までだ。鉄板で造られた正方形に近い箱で、扉や窓はない。そっちはどうだ？」

同じ、と答えた。やっぱりそうか、と毅が声を更に低くした。

「おそらく貨物輸送用のコンテナだろう。去年ドバイへ出張した時、資材部の連中と一緒に見学したんだが、構造がよく似ている。他に何か気づいたことは？　覚えていることはないか？　ここまで、どうやって運ばれてきた？」

あたしに聞かないで、と堪えきれずに叫んだ。パニックで頭が真っ白になっていた。

「毅、助けて！　どこにいるの？　どうしてこんな目に遭わなきゃいけないのよ！」

落ち着け、と毅が怒鳴った。

「そんなことを話してる時間はない。わかってるのは、ピエロがおれたちについてよく知ってるということだけだ。どうやって調べたのかわからないが、ホテルや飛行機をキャンセルしたと言っていた。口ぶりから察すると、嘘じゃなさそうだ。一人じゃない。かなりの人数が動いている。表に出てるのはピエロだけだが、裏にもっと大勢の人間がいるのは間違いない。一人でこんなことができるはずないからな」

分析してどうなるの、と里美は首を振った。

「どうしてディスカッションの白いボタンを押さなかったの？　あたしは押した。答える前に話し合っていれば、回答を合わせることだってできたのに」

「あんな簡単な問題のために話し合う必要があるか？」ふて腐れたように毅が言った。

「ディスカッションは三回までだとピエロが言っていただろ？　三回しかないんだぞ？　その一回を無意味に捨てろと言うのか？」

聞いてくれ、と空咳をした毅が話を続けた。

「おれたちは監禁されている。目的どころか、場所さえわからない。ここを出るためには、奴らのアンサーゲームに応じるしかないようだ。ミスマッチを二回までに留めれば、解放すると言ってる。おれたちにできるのは、答えをマッチングさせることだけだ」

あと一分です、とピエロの声が割り込んだ。どうしたらいいの、と里美は叫んだ。

「質問そのものは簡単かもしれないけど、求められているのはあたしたちの回答が同じになることで、そんなの無理よ。そうでしょ？」

どちらかに合わせるんだ、と毅が言った。

「同じ設問でも、受け取り方や解釈が違えば、答えは分かれる。それを防ぐためには、どちらかの考えに合わせるしかない」

三十秒、と感情のこもらない声でピエロが言った。おれが合わせる、と毅が早口で言った。

「里美は自分の思った通りに答えろ。おれはお前の立場になって考える。わかったな？制限時間は三十分だとピエロは言っていた。ぎりぎりまで使え。その間に出口を――」

タイムアップというピエロの声と同時に、通話が切れた。毅、と叫んだが、答えはなかった。

ＰＨＳを握ったまま立ち尽くしている毅がモニターに映っている。ＰＨＳの１のボタンを押したが、応答はなかった。

モニターが一瞬消え、再び画面がぼんやりと明るくなった。そこに映し出されたピエロが、トークタイムは終了ですと言った。里美はゆっくり椅子に腰を下ろした。

あなた方はお互いの無事を確認し、コミュニケーションを取ったわけです、とピエロが笑みを浮かべた。

「先ほどは私の誤解もあって、言ってみればノーヒントの出題となってしまいましたが、ここからは違います。そんな辛そうな顔をせず、ポジティブに取り組みましょう。ネガティブな思考をしていても、いいことはありませんよ。ポジティブシンキングあるのみです！」

お願いです、と里美は両手を組み合わせて額につけた。

「もう止めてください。こんなことをして、いったい何の得があるの？　せめて水をください。喉が渇いて、何も考えられません」

同情します、とピエロが深くうなずいた。

「ですが、世界中にはもっと苦しんでいる人々がおります。貧困や飢餓にあえぐ子供たち、不衛生な環境、あるいは病気。戦火の真っ只中にいる人たちのことを考えてください。たかが数時間、水が飲めないぐらいで、死ぬことはありませんよ」

喉が痛いのという訴えを無視するように、ファンファーレが流れ出した。

「さあ、気を取り直していきましょう。ネクストステージです。第二問はこちら！」

モニターの画面が切り替わり、そこに文字が映し出された。

『最初のデートはどこでしたか?』

そのまま文字が画面の下にテロップとして流れ始めた。大写しになったのは、30:00という数字だった。

では、ただ今より第二問のスタートですというピエロの声と同時に、数字が29:59に変わった。カウントダウンの始まりだ。

しっかりして、と里美は手を強く握った。短い時間だが、毅と話せた。それが心の支えになっていた。

毅が言ったように、ピエロの正体を考えたり、自分たちをここへ連れてきて閉じ込め、馬鹿げたゲームを仕掛けている連中が誰かを探っても無意味だ。そんな時間はない。

今できることは二つ、ひとつは自力でこの部屋から脱出するためのルートを調べることと、もうひとつはアンサーゲームをクリアすることだ。

里美自身、この部屋の中はできる限り調べたつもりだった。部屋というより箱だし、更に正確に言えば檻《おり》だ。

四方の壁と床は鉄板で、どこにも隙間はない。天井には手が届かない。

頑丈な造りで、床に溶接固定されたパイプ椅子、テーブル、そしてトイレ以外何もないのだから、自分の力ではどうすることもできないだろう。

おれが部屋を調べる、と毅は言っていた。道具になるような物は何もないはずだが、壁や床に僅《わず》かな割れ目や隙間を見つければ、そこを壊すことができるかもしれない。檻からの脱出に成功すれば、助けを求めることも可能だろう。そこは任せるしかない。

今やらなければならないのは、アンサーゲームをクリアすることだ、とフリップを見つめた。モニターがぼんやり光っているので、手元だけは見えた。

考えなければならない。最初のデートはどこだったか。

第一問と同じだ。デートの定義が曖昧で、個人の主観でどうにでも解釈できる。

どう答えればいいかわからなかったが、アンサーゲームの意図についてはわかったつもりだ。問題に対する正解はない。

求められているのは、二人の回答が同じであることだ。

モニターに目をやった。最初のデートはどこでしたか?

それほど難しくない、とうなずいた。『最初に会ったのは、いつ、どこで』という第一問より条件が限定されているため、答える側にとって有利な設問だ。

「会う」の定義は解釈に個人差があるが、「デート」となると二人の意志が大きく関わってくる。意識と言ってもいいだろう。

「デート」のつもりで二人が会った時のことを考えればいい。時間的な範囲が限定されているから、条件の絞り込みも容易だ。

考えればいいのは、自分が営業部に異動した二年前以降のことだ。記憶もはっきりしていた。

正確に言えば、二年二ヵ月前の四月一日付けで、営業部への異動を命じられた。営業部には五つの課があり、配属された営業部第一課に毅がいた。

自分と一年後輩の島崎杏《しまざきあん》が一緒に異動し、彼女と二人で毅の下についた。その後、九月には二人とも営業部員としてそれぞれ担当を持つようになったから、毅の下にいたのは半年もない。

最初の一ヵ月は取引先への紹介がメインで、場合によっては一度に十人ほどと引き合わされ、名刺を交換して、顔と名前を覚えるように言われたこともあった。

同時期に営業部の他の課へ異動した者と比べれば恵まれている、と思っていた。毅が優しい先輩だったのは間違いない。

無理な残業を命じることはなかったし、他社との会合があっても、頃合いを見計らって先に帰してくれた。

さりげない気遣いができる人だと思ったし、指示に曖昧なところがなく、スマートな仕事ぶりも尊敬できた。意識するようになり、魅かれていった。

いつからと言われると明確ではないが、異動後ひと月ほど経った頃には、心が彼の方へ向かっている自分に気づいていた。

それまでいた秘書課と仕事の内容がまったく違っていたから、学ばなければならないことも多かった。

遅い時間になった時には、杏と三人で食事をしてから帰ったこともあったが、あれをデートとは言わないだろう。

あの頃、二人ともお互いに好意を持っていたし、何となくそれに気づいてもいた。とはいえ、同じ部署の課員同士、しかも指導係を担当しているという毅の立場もあったから、簡単に二人の関係が進んだわけではなかった。

仕事を覚えることが優先されるという意識もあり、毅のことは単なる先輩社員として考えるようにしていた。次第に飲みに行ったり食事に行くことも増えたが、三人でなければ行かないという暗黙の決まりがあった。

でも、と里美はフリップを取り上げた。二人だけで食事に行ったことがある。七月に入ったばかりの暑い日だった。

会社でプレゼン用の資料を作っていて遅くなった。あの日、杏は私用があって、先に帰っていた。

夜九時過ぎ、ようやく資料作りを終え、毅と二人で社を出た。その時、初めて二人だけで食事をした。

あの時、あたしはサインを出していた、と里美はつぶやいた。誘ってほしいという雰囲気を、意識して作っていた。

想いが通じたのか、毅がイタリアンレストランに誘ってくれた。二人でワインを飲んで、それなりに盛り上がったけど、でもやっぱりあれはデートじゃない、と首を振った。話したのは仕事のことだけだったし、次の店へ行こうということにもならなかった。地下鉄の改札で別れ、それぞれの自宅に帰った。それだけだ。

あらかじめ約束して会ったのではなかったし、特別な話があったわけでもない。あれをデートとは呼ばない。

直接毅から誘われたのは、それからひと月ほど経った八月の初めだった。暑気払いということで、営業部全員でビヤホールへ行った帰りに、前を歩いていた毅がさりげなく近づいてきて、今度の日曜は空いてるか、とあたしの耳元で囁いた時の鳥肌が立つような感覚を、今もはっきり覚えている。

観たい映画があるんだ、と毅がさりげない風を装って言った。

「よかったら、一緒に行かないか？」

一瞬迷ったふりをしてから、他の課員に気づかれないように、小さくうなずいた。意外と陳腐な誘い方だなと思ったのも本当だけど、嬉しさの方が大きかった。

その週の日曜、待ち合わせて二人で渋谷へ映画を観に行った。あれが初めてのデートだろう。どう考えてもそうだ。

だけど、あの時は二人で映画を観て、それだけだった。翌日から出張で札幌へ行く予定だった毅が、先方の都合で日曜中に現地に入らなければならなくなり、急遽取った飛行機の便が夕方発だったからだ。お茶の一杯も飲む時間さえなかった。

会った時、事情を説明した毅が謝ってくれたし、仕事なら仕方ないと納得していた。それでも、エンディングロールが流れるのと同時に、映画館を飛び出していった毅の背中に、デートじゃなかったのとつぶやいている自分がいた。

あの時のことは、その後二人の間でも何度か喧嘩の種になった。喧嘩というより、じゃれ合いと言った方がいいかもしれない。

あなたって冷たいところがあるよねとからかい、そうじゃないんだと毅が言い訳する。そのやり取りが楽しかった。

本当に二人だけで会うようになったのは、九月に入ってからで、その時にはあたしも毅も、お互いに好意を持っているという確信があった。

他部署の男性社員から交際を申し込まれたけれど、どう返事すればいいのかわからなくて、という相談を口実に誘った。それが建前なのは、二人ともわかっていた。

九月の初旬とはいえ、まだ残暑が厳しい日だった。二人で美術館へ行き、バルで飲み、その時交際を申し込まれた。本当の意味でのデートとは、あの時のことを言うのではないか。

違う、そうじゃない。考え過ぎてる、と首を強く振った。

映画に誘われた時、あたしはデートだと思って了解した。出張の予定が変更になったのは前日の土曜日で、誘った時点では毅もわかっていなかった。

彼はデートのつもりで誘い、あたしもそのつもりで受けた。やっぱりあの時が初デートだ。

でも、とマジックペンを握ったまま、もう一度だけ考えた。

一番最初、七月の頭に二人だけで食事をした時、あたしの中であれはデートだった。心の中で毅に想いを訴え、誘ってほしいと願っていた。

約束も何もなくても、あの時あたしは彼と一緒にいたいと思った。あれはデートではなかったのか。

毅はあたしに合わせて考えると言った。それなら、自分の気持ちに従って、あの時を初めてのデートと答えるべきではないのか。

シンプルに考えよう。里美に合わせる。毅はそう言っていた。人の心を推し量る能力は誰よりも高い。

ましてや、他人ではない妻のあたしが何を考えているか、毅ならすべてをトレースできる。

だって、あたしたちは愛し合っている。誰よりもお互いのことを深くわかり合えている。

迷う必要はない。思った通り書けばいい。それで回答はマッチングする。

『渋谷で映画を観に行ったのが初デート』

そうフリップに書いたが、テーブルの右上にある赤いボタンは押さなかった。

今、毅は出入口を捜しているはずだ。時間を稼ぐためには、タイムリミット直前まで待った方がいい。

フリップをテーブルに伏せて、静かに目をつぶった。うなじの辺りを、汗が伝っていった。

＊

出入口はどこにあるんだ、と毅は壁を手で探りながら部屋中を歩き続けた。

光源はモニターから漏れてくるぼんやりとした光だけで、ほとんど何も見えない。壁に触れる以外、確かめることはできなかった

その間も、頭は目まぐるしく回転していた。この悪意しか感じられない悪戯を仕掛けた者は、複数いる。ピエロも含め、最低でも四、五人、もしかしたら十人以上ということもあり得るだろう。

根拠はいくつもあった。まず、自分と里美をホテルから拉致したことがそうだ。一人で出来ることではない。

入念にされていた下準備もそうだ。ホテルの部屋に置かれていたワインやシャンパン、そして冷蔵庫の中のドリンク類、更にはケーキや菓子の中にも睡眠薬を仕込んでいたのだろう。

披露宴や二次会で、二人ともかなりの量のアルコールを飲んでいたし、酔っていたのも確かだが、あんなに突然眠気に襲われるはずがない。

シャワーを浴びてからベッドに入ろうと思っていたが、それさえできなかったのは、部屋にあったすべての飲食物に睡眠薬が混入されていたからだ。

友人からのプレゼントという理由をつければ、ワインやシャンパンを部屋に運ばせることは難しくない。ケーキや菓子についても同じだ。

ただ、自分たちが酒やケーキに口をつける保証はなかった。結婚式と二次会を終えた新婚カップルのほとんどが、精神的にも肉体的にも疲れ切っているのは常識だ。酒なんかいらない、と思うのが普通だろう。

実際、二人ともひと口シャンパンを飲んだだけで、ワインには口もつけていなかった。どれほど強力な睡眠薬が入っていたにしても、あれほど深く寝入ってしまうはずがない。

だが、アルコール類はともかく、何かは飲むだろうと奴らは考えた。だから冷蔵庫のドリンク類すべてに睡眠薬を混入した。

簡単に聞こえるが、実際には困難な作業だ。ホテルマンを買収し、冷蔵庫の中味をすべて入れ替えたとしか考えられない。

奴らが部屋に侵入していたことが、その推測の根拠だった。部屋はオートロックで、ドアは自動で施錠される。外部から開けることはできない。

奴ら、いや、犯人と呼んだ方がいいだろう。犯人はマスターキーもしくはスペアキーを準備していた。だから簡単に部屋に入ることが可能だった。

ホテルマン以外、そんなことができる者はいない。買収されたホテルマンがいたのか、あるいは、最初からこの計画に関与していた者が犯人グループの中にいたと考えるべきだろう。

犯人たちは熟睡しているおれと里美を、何らかの方法で部屋の外に運び出した。たとえば、大型のスーツケースに入れたのかもしれない。それなら他人に怪しまれることはない。

そこから車で移動した。確信があったが、今自分がいるのはある種のコンテナで、そんな物が町中《まちなか》にあるはずもない。会社など、建物の中にあることも考えにくい。

コンテナがあっても不自然と思われない場所なのだろう。例えば港や資材置き場。

ただ、どうしてもわからないのは、犯人たちがどうやって自分と里美をこのコンテナ、言わば檻に入れたのかだ。何らかの形で出入口がなければならないが、それが見つからないのはなぜなのか。

しかも、ピエロが嘘をついているのでなければ、アンサーゲームをクリアすれば、自分たちはこの檻から出ることができる。一体、どこから出すつもりなのか。

所属していた営業部第一課が主に取り扱っているのは、石油や天然ガス、石炭などエネルギー関係で、仕事柄コンテナの類は何度も見たことがあった。構造として、壁そのものが出入口の役割を果たしているものがあるのは知っていた。

そのため、四面の壁については、特に念入りに調べた。隠し扉があるとピエロは言っていたし、少なくとも隙間がなければならない。完全に密着していれば、開閉できないからだ。

だが、何度確かめても、どこにも隙間はなかった。どうなってると腹立ち紛《まぎ》れに壁を蹴ったが、つま先を痛めただけだった。

モニターの数字が9：59になっていた。残り時間十分を切った。

出入口を調べるのは後だ、と毅は椅子に腰を下ろした。

『最初のデートはどこでしたか？』

畜生、と口の中で毒づいた。犯人たちの狡猾《こうかつ》さがよくわかった。

簡単な問題だ、と誰もが思うだろう。酒の席で友人たちからそんな質問をされたら、二人ともあっさり答えるだろうし、同じ回答になるはずだ。

だが、置かれている状況が違う。今の自分たちは、物事を普通には考えられない。それだけ異常なシチュエーションの中にいた。

ピエロたち犯人の狙いは、そこにあるのだろう。精神的なプレッシャーをかけ、混乱させ、簡単に出せる答えを別の方向にねじ曲げようとしている。

根底にあるのは悪意だ。間違いない。憎悪と言ってもいい。

これほど自分に強い敵意を持つ人間に、心当たりはなかった。小学生の頃から大学卒業まで、クラスの中心的な存在だったたし、人気があったという自負もある。

友人も多かったし、交際範囲も広かったが、世の中にはそういう人間を妬《ねた》む者がいるとわかっていたから、バランスを取った付き合いを心がけた。

もちろん、誰かをいじめたこともない。そんなことは嫌いだったし、する理由も必要もなかった。

会社に入ってからもそれは同じだ。サラリーマンの嫉妬《しっと》は強烈だと知っていたから、スタンドプレーは絶対にせず、チームで成果を上げることを目指した。

入社二年目、加わっていたプロジェクトチームが大きな取引をまとめた。難航していた交渉を打開したのは、自分のアイデアだった。

それに対する評価は高かったが、ある種のビギナーズラックだと思っていたから、調子に乗るようなことは言わなかったし、自分の手柄だと自慢したこともなかった。

その後も与えられた仕事を確実にこなし、困難な場合でも熱意を持って取り組んできた。それは努力であり、贔屓《ひいき》されているとか、運がいい男だというのはお門違いだ。

それでも、全員に好かれているとは思っていなかったし、嫌っている者がいるのかもしれない。だが、ここまで強い憎悪を胸に秘めている者など、考えられなかった。

そのあたりの事情は、里美も変わらない。父親はメガバンクの支店長、母親は元キャビンアテンダントで裕福な家庭に育ち、容姿にも恵まれている。

お嬢様育ちが気に入らないという者もいるだろうが、里美が人間関係を上手にコントロールできることは知っていた。

フレンドリーで、誰に対しても優しく明るい態度で接するため、友人も多く、男女の別なく年上の社員から可愛がられていた。どういう意味合いであっても、敵視する者などいるはずがない。

問題があるとすれば、里美の入社が縁故採用だったことだ。それを不快に思う者はいただろう。

自分たちの結婚は、美男美女のカップルと噂され、面と向かってからかわれたこともあったが、うまくかわしてきたつもりだ。

舌打ちする者ぐらいはいたかもしれないが、ここまで明確に敵意を持つ者がいれば、さすがに気づいたはずだ。思い当たる節はなかった。

タイムリミットが五分を切っていた。今は問題に集中しよう。まだ時間はある。考えるのは後でもいい。

初デートとは何を指すのか。それは自分と里美の認識による。

〝今日はデートだよ〟と、お互いに意志を確認してからデートするカップルは、めったにいない。言わず語らずで通じ合う何かがあれば、それこそがデートだ。

初めて二人きりで食事をしたのは、仕事帰りにイタリアンの店へ行った時だ。あれは里美が営業部に異動してから三カ月後で、七月の初めだった。

自分としては里美に好意を持っていたが、二人になったのは私用があった島崎杏が先に帰ったためで、意図していたわけではなかった。

あの時は食事をしただけで別れたが、結婚が決まった後で、もっと早く付き合えたのに、と里美が言ったことがあった。

「もう一軒行こうって、誘ってくれると思ってたのに、何も言ってくれなかった。すごい寂しかったんだから」

だったらそっちが誘えばよかったじゃないかと言うと、オンナゴコロって微妙なのと笑っていたが、つまり里美にもデートという気持ちがあったということなのか。

モニターの数字が2:40になっていた。集中しろ、と毅は自分の頰を張った。

その後、八月の頭に営業部全体の飲み会があった時、帰る途中に映画に行かないかと誘った。自分としてはデートの誘いだったし、里美もそれはわかっていたはずだ。

二人で渋谷へ映画を観に行った。普通に考えれば、あれが最初のデートだ。

ただ、あの時は急な予定変更があり、映画館を出た後すぐ羽田空港へ向かわなければならなかった。ろくに話もしていない。あれをデートと考えていいのか。

出張から戻ってしばらく経ってから、相談があると言われて二人で会うことになった。

その日は美術館に行き、スペイン風のバルで告白し、里美の自宅がある千駄ヶ谷まで送った。本当の意味でのデートとは、あの時を指すのだろうか。

残り時間一分です、とピエロの声がした。

問題は里美がどう考えているかだ。二人で食事をしたことがある。二人で映画を観に行ったことがある。美術館へ行き、バルで一緒の時間を過ごしたことがある。

自分のことは考えるな、と頭を振った。里美はどれを初めてのデートと考えているのか。

判断がつかないまま、マジックペンを握った。10、9、8とカウントダウンが続いている。

歯を食いしばるようにして、毅はフリップに回答を書き殴った。

＊

天井からドラムロールの音が響いていた。毅はフリップを手にしたまま、モニターを見つめた。

液晶画面の中に里美がいる。フリップには『渋谷の映画館』と書かれていた。

肩の力が抜け、汗がひと筋こめかみから垂れた。ナイスマッチング、というピエロの声が聞こえた。

「いや、素晴らしい。さすがです」

モニターが切り替わり、拍手しているピエロが映った。

「ねえ、わたしが申し上げた通りでしょう？　アンサーゲームは決して難しくありません。お互いの間に愛があれば、何の問題もなくマッチングするんです。あなた方お二人は最高のベストカップルですからね、回答は必ずマッチングすると信じておりました。何と申しましても……」

もういい、と毅はフリップを床に叩き付けた。

「下らないお喋りを今すぐ止めろ。気に障るんだ、その甲高い声が。わざとか？　おれを怒らせるのが狙いか？」

とんでもございません、とピエロが顔の前でひらひらと手を振った。

「本当に感心しております。あなた方は最初に犯したミスを認め、トークタイムを有効に使い、軌道修正されました。なかなかできないことです。もちろん、それも愛あればこそなのでしょうが」

「皮肉はたくさんだ」

何かお望みはありますかとピエロが尋ねた。明かりをつけてくれ、と毅は叫んだ。

「こんな暗闇じゃ、何をどうすることも――」

いきなりファンファーレが鳴り響き、ナイスマッチングとピエロがテーブルを叩いた。何が起きたのかわからないまま、毅は顔を上げた。

天井の電球が灯っていた。赤ではなく、普通の白熱電球だ。部屋の内部がよく見えるようになった。床に赤いカラーキャップが落ちていた。

ワンダフル、とピエロがまた拍手した。

「あまりにも見事なマッチングに、感動してしまいました。鳥肌が立つほどです。電球の色を変えたのは、お二人に対するリスペクトとお考えください」

待ってくれ、と毅はモニターのピエロを凝視した。

「何を言ってる？　どういう意味だ？　マッチングって、問題は出ていないじゃないか」

ご質問の意図は理解しております、とピエロが唇を吊り上げて微笑んだ。

「何がマッチングしたのか、そうおっしゃりたいわけですよね？　では、こちらをご覧ください」

モニターが切り替わり、里美の姿が映し出された。右上に小さくRECという赤い文字がある。録画した映像なのだろう。

何かお望みはありますかというピエロの問いに、立ち上がった里美が明かりをつけてと叫んだ。ほぼ同時に、電球の光が灯った。

おわかりでしょう、と再びモニターに現れたピエロが言った。

「わたしの〝何かお望みはありますか〟というクエスチョンに、期せずしてお二人は〝照明をつけること〟を要求されました。まったく同じ回答であり、アンサーゲームのルール上、これはマッチングと見なされ、三問目をクリアしたことになります。つけ加えますと、所要時間五十八分二十二秒というのは、記録的なスピードです。これもお二人の愛の強さの証なのでしょうか」

毅はパイプ椅子から離れ、モニターに近づいた。

「いったい何が目的なのか、さっぱりわからないが、そんなことはいい。お前は何者なんだ？」

ピエロが首を傾げた。名前を聞いてるわけじゃない、と毅はモニターに触れた。

「どうせ名乗るつもりはないんだろう？　知りたいのは、お前が誰の指示でこんなことをしているかだ。頼む、教えてくれ」

人指し指を口の前に立てたピエロが、守秘義務がありますのでと頭を下げた。からかうのは止めろ、と毅はモニターに押し付けていた手に力を込めた。

「お前一人でこんなことをしているわけじゃないのはわかってる。複数の人間が関わっているはずだ。バックがいるな？　そいつらの正体は？　目的は何だ？」

見事な推理です、とピエロが指を立てたまま言った。答えられないってことか、と毅はパイプ椅子に戻った。

「それならそれでいい。だが、目的が何であるにせよ、十分だと思わないか？　認めるよ、おれはパニックになっている。里美もそうだ。怯えているし、怖いだろう。おれたちを脅かすことが目的なら、それは達せられたはずだ」

ピエロが無言で首を振った。金のためじゃないと言ったな、と毅はその目を見つめた。ビー玉のような虚《うつ》ろな瞳。

「だが、金で解決できることがあるのは知ってるはずだ。ピエロ、おれと里美を解放してくれたら、お前に金を払う。ここにある一千万円も、里美の部屋にある一千万も、全部渡そう」

二千万円ですか、とピエロが首をぐるりと回した。それだけじゃない、と毅は声を低くした。

「さっきも言ったが、おれも里美もそれなりに金はある。両親や友人に借金してもいいし、会社から借りることだってできる。全部合わせれば、五、六千万ぐらいは作れるはずだ。全額渡すから、おれたちを解放してくれ」

永和商事の社訓は知っているだろう、と毅は先を続けた。

「創業した轡田前会長の遺した社訓は〝社員は家族なり〟だ。その理念は今も継承されている。お前はアンサーゲームと言っているが、これは明らかな誘拐だ。家族である社員が誘拐されたら、どんなに高額な身代金を要求されても、支払うのが永和商事という会社なんだ。しかも、永和商事は去年、過去最大の純利益を上げている。グループ会社が五百以上ある大企業だぞ？　一億や二億、それ以上であっても金を出すのは間違いない」

自分や里美でなくても、社員が誘拐され、命の危険があるとわかれば、会社は身代金を限界まで用意するという確信があった。〝社員は家族なり〟という社訓の持つ意味の重さを、毅はよくわかっていた。

更に言えば、二十年前に買収したアメリカのキューブスカイ社と開発した検索エンジン〝ＱＵＢＥ〟がこの十年で急成長を遂げ、今では世界で発売されるパソコンやスマホの約七割に標準装備されるようになっていた。数年前から、グーグルやフェイスブックといったいわゆるGAFAと肩を並べ、今ではGAFA+Qと呼ばれている。

永和商事は総合商社というだけではなく、グループ会社のエイワQUBEが携帯電話業界に参入を果たしたように、情報部門も巨大化していた。誘拐された社員を取り返すために十億円払っても、問題は何もないはずだ。

さすが永和商事のエースです、とピエロがテーブルを両手で強く叩いた。

「交渉事には慣れていらっしゃいますね。見事なネゴシエーションですが、先ほども申し上げました通り、お金のためにしていることではありません。そんなつまらないゲームをして、何がどうなるというのです？」

「交渉次第では、数億円でも永和商事は支払う。お前にとってメリットのある話だと、なぜわからない？」

「よろしいですか、アンサーゲームをクリアすれば、お二人には総額二千万円の賞金、更に飛行機やホテルのアップグレードという……」

金が欲しいなんて一度でも言ったか、と毅は額の汗を拭った。

「ここから出してくれさえすれば、すべて忘れる。何もなかったことにする。警察に訴えたりもしない」

ピエロは無言だった。どうすればここから解放してくれる、と毅は叫んだ。

「何をすればいい？　何度でも言うが、金ならいくらでも――」

できません、とピエロがゆっくり首を振った。

「これはアンサーゲームです。ゲームをクリアする以外、あなたたちがその部屋から出ることはできないのです」

パイプ椅子の背に体を預けて、毅は床に唾を吐いた。

「だったら、さっさと次の問題を出せ、糞野郎！」

これはまた下品ですね、とピエロが顔をしかめた。

「あなたの口から、そんな言葉が出るとは。もっとも、アンサーゲームに対して前向きになっていただけたのは嬉しい限りです。ポジティブな姿勢は、幸運を呼ぶと申します。では、お望み通り次の四問目を――」

突然、明るいチャイム音が鳴った。これはこれは、とピエロが片目をつぶって両手を広げた。

「大きな声じゃ言えませんが、世の中、格差はありますよね。富める者はますます富み、貧する者はどこまでも堕《お》ちていきます。運も同じで、ツイている者には次々に幸運が舞い込み、不運な者にはいつになってもチャンスなど巡って来ません。勝ち組、負け組の構図は一生変わりませんよ。これは政治の責任なのか、それとも――」

何が言いたいと遮った毅に、失礼しましたとピエロが口調を改めた。

「今のチャイムは、チャンスタイムの合図です。それにしても、お二人は引きがお強い。

まさか四問目でチャンスタイムとは……この調子だと、まだまだラッキーは続きそうです。まったく、羨《うらや》ましい限りですよ」

「チャンスタイム？　どういう意味だ」

イエスｏｒノーの二択です、とピエロが言った。

「これをチャンスと言わずして、何をチャンスと申し上げればいいのやら。お二人が適当に回答しても、マッチングの確率は五割です。しかもシンキングタイムは三十分あります。クリアしたも同然でしょう」

イエスかノーか、それだけ答えればいいのか、と毅はフリップを取り上げた。

「初めてやる気になったよ」

ピエロの言う通り、二択ならマッチングの確率は五割だ。チャンスタイムというのも、嘘ではない。

では四問目です、というピエロの声に被さるようにファンファーレが鳴った。

『わたしは浮気をしたことがある』

「わたしは浮気をしたことがある」

声に出してみた。喉がかすれて、咳が止まらなくなった。落ち着いてください、とピエロが言った。

「大丈夫ですか？　ゆっくり深呼吸を……」

水をください、と里美は右手を喉に当てた。

「お願い、ひと口でいいから水を……このままでは、声が出なくなってしまいます」

それはおおげさでしょう、とピエロが微笑んだ。

「あなた方がホテルを出たのは、約十時間前です。目を覚ましてからは一時間と少し、それで声が出なくなるはずがありません」

何がしたいのとつぶやいた里美に、アンサーゲームですとピエロが胸を張った。

「さて、四問目はチャンスタイムです。ここまで、お二人から何度も抗議を受けていることもありますし、今回は出血大サービス、この問題における浮気の定義についてご説明致しましょう」

「……どういうこと？」

「まず、過去については一切問いません。過去とは、つまり樋口毅様と交際されるまでの恋愛に関して、という意味です」

わからない、と里美は力無く首を振った。ご説明申し上げます、とピエロが大きく口を開けた。

「あなたにとって、樋口様が初恋の相手ではないでしょう。当然です。あなたのような美しい女性が、それまで一度も恋をしていないとおっしゃるのであれば、ある意味怖いぐらいですよ。若く健康で美しい女性が恋をした経験がないなんて、常識的に考えてもあり得ないことです」

里美はこめかみを押さえた。頭の芯に鈍い痛みが広がっていた。

過去の恋愛で何があったかについて、お尋ねしているのではありませんとピエロが言った。

「あくまでも樋口毅様と交際を始めてから、今日に至るまでのことを伺っております。正式に交際が始まったのは、披露宴でご友人がおっしゃっていたように、二年ほど前でよろしいですね？　そこから今日まで、あなたが浮気をしたことがあるかどうか、それだけのことです。簡単でしょう？」

待って、と里美はモニターに向かって手を伸ばした。

「毅と付き合ってから、浮気はしてません。もちろん、過去に他の男性と交際したことはあります。でも、その時だって浮気なんて……」

大きなため息をついたピエロが指を鳴らすと、ノイズ混じりの若い男の声が流れ出した。

『……信じてないのかって？　そりゃ信じてるさ。だけど……そうだよ、里美だよ。ユウコだって、知ってんだろ？　オレがあいつのせいでどれだけ苦しんだか……二股かけられたんだぜ？　あんなおとなしそうな顔してるくせに……ユウコのことは信じてるし、信じたいよ。だけど、あんなことがあったら、どんな女だって信用できなくなるさ。束縛してるんじゃなくて――』

本多《ほんだ》くん、と思わずつぶやきが漏れた。正解です、とピエロがうなずいた。

「あなたが大学二年の夏から、その年の暮れまで交際していた本多誠一郎《せいいちろう》さんが、恋人の野島裕子《のじまゆうこ》さんと電話をしていた際の音声です。野島さんのことは説明するまでもありませんね？　あなたと同じ語学のクラスにいたご友人です」

唇を嚙《か》んだ里美に、あなたは同年の十月に知り合った河村政貴《かわむらまさき》さんとも親密な関係になりました、とピエロが言った。

「本多さんと過ごすはずだったクリスマスイブの約束を直前でキャンセルし、河村さんと素敵な一夜を共にした過去があります。わたしの考えるところでは、これは明確な浮気です」

違いますと里美は強く首を振った。

「本多くんとは、付き合い始めてすぐに合わないと気づいたんです。でも、言い出せなくて……彼が裏切られたと思っているのはわかるけど、あたしはもっと前から、本多くんとは無理だってサインを出していた。長く続けられる関係じゃないって……」

男とは常に鈍感な生き物です、とピエロが泣き真似をした。聞いてください、と里美は両手を強く握った。

「河村さんと二人で会うようになっていたのは本当だけど、食事をしたり、飲みに行ったり、それだけです。それも浮気だって言うんなら、付き合ってる人以外の男性とは口も利けないじゃない！　浮気って何よ、どこからが浮気になるわけ？」

言葉遣いが乱暴になってますよ、とピエロが注意した。

「それは何とも言えません。ただ、あなたと河村さんとの間に、何もなかったというのは考えにくいでしょう。ただの親しい男友達とクリスマスイブに会いますか？　人気のイタリアンレストランで食事をし、そのままホテルへ行くでしょうか」

「それは……」

何らかの約束がない限りあり得ないことです、とピエロが重々しい声で言った。

「わたし個人の考えではなく、それは一般的に浮気と呼ばれる行為でしょう」

「河村さんと約束をした時には、本多くんと別れていたの！」

金切り声で叫んだ里美に、怒る必要はありませんとピエロが言った。

「責めてなどおりませんし、浮気が罪悪であるとも考えていません。そういうこともあるでしょう。それもまた青春の一ページです。問題の意味をよくお考えください」

「意味?」

「繰り返しますが、樋口様と交際を始めてからのことを伺っております。モラルの話をしているわけでもありません。あなたが浮気をしていようとしていまいと、わたしにはどうでもいいことです。重要なのは回答がマッチングするか否か、それだけです」

ピエロが嫌味なくらい快活に言った。待って、と里美は顔を左右に向けた。

「……どうして、本多くんと裕子の電話を録音してたの? 盗聴していたってこと?」

裕子と本多が付き合うようになったのは、大学を卒業する直前だった。だが、一年も経たないうちに、束縛がきついから別れたと裕子から聞いていた。

もう五年以上前の話だ。なぜピエロは二人の電話を録音していたのか。

「まさか……このアンサーゲームに、本多くんが関係しているってこと? 彼があたしを恨んで……」

本多さんは故郷の富山に帰り、公務員として働いてますとピエロが言った。

「それ以上は答える義務を認めません。さて、それでは浮気の定義についてご説明致します。何しろチャンスタイムですからね。そもそも、浮気とはどんな行為を指すとお考えですか？」

知らない、と里美は横を向いた。そうなんです、とピエロがうなずいた。

「考え方には個人差があります。異性と会話を交わした、あるいはメールやＬＩＮＥのやり取りがあっただけで、浮気と見なす方もおられます。独占欲の強い方は、男性女性問わず、一定数おりますからね」

あたしはそんなふうに思わない、と里美は言った。

「毅が他の女性と二人で話していても、気にならない。彼も同じ。あたしが他の男性と話しても構わないっていつも言ってる。あたしたちは愛し合ってるし、信じ合ってる。あたしにも彼にも、異性の友人がいる。仕事の関係で付き合いのある人も……でも、そんなことでいちいち怒ったりするほど、子供じゃない！」

お二人とも立派な社会人ですからね、とピエロが何度もうなずいた。

「ごもっともな意見です。ですが、樋口様が他の女性と二人だけでお茶を飲んでいたらどうです？　仕事帰り、あるいは休日、二人で会っていたとしたら？　食事や酒の席を共にしていたらどうでしょう。手を繋いでいたら？　腕を組んで歩いていたら？　キスはどうです？　それ以上は？」

毅はそんなことをするような人じゃない、と里美は低い声で言った。

「あたしもそう。理由があれば、男性と二人でお茶ぐらい飲むし、食事もする。でも、そんな時は必ず事前に説明する。手を触れることもない。それを浮気とは思わない。少なくとも、あたしの中では浮気じゃない」

あなたはそうかもしれません、とピエロが笑みを隠すように口に手を当てた。

「ただ、樋口様がどうお考えになっているか、それは理解されていますか？　いや、これは愚問でした。あなた方お二人は互いを理解し合い、愛し合っておられるのですから、これ以上は余計なお世話というものでしょう」

頭が痛くなってきた。ピエロの声に、吐き気さえ感じられるほどだ。

ここから先はあなたがお考えになることです、とピエロが言った。

「わたしは説明義務を十分に果たしたつもりです。それでは今から四問目のシンキングタイムを開始します。制限時間は三十分、ごゆっくりお考えください」

ピエロの姿が消え、モニターに30：00という数字が浮かんだ。馬鹿にしてるとつぶやいて、里美はマジックペンを摑んだ。

＊

浮気か、と毅は天井を見上げた。馬鹿馬鹿しくて、怒る気にもなれない。

大学の時、付き合っていた女に、いきなり真夜中に叩き起こされたことがあった。

夢の中で、毅が他の女と楽しそうに喋っていたと責められ、どうして浮気なんかするのと朝まで泣かれたが、たかが夢でも浮気という者はいる。

学生ならともかく、毅も里美も社会人だ。取引先の会社には、異性の担当者もいる。場合によっては二人だけで打ち合わせもするし、食事を一緒にすることもあった。

個人の連絡先を教え合うのは、現代ではビジネス上の慣例に近い。それを浮気だという者はいない。

メールやLINE、あるいはSNS全般もそうだ。フェイスブックで〝いいね！〟を押したら、それは浮気か？ そんな馬鹿な話はない。

しかも、ピエロは『わたしは浮気をしたことがある』という設問に、イエスかノーで答えろと言っている。

定義がどうであれ、そして事実がどうであったとしても、二人とも浮気をしたと認めることはあり得ない。つまり、答えはノーしかない。

里美も同じ判断をするだろう。考える必要さえ感じなかった。確かに、これはチャンスタイムだ。

モニターに目を向けると、残り時間はまだ二十八分あった。この時間を有効に使わない手はない。

立ち上がって周囲を見渡した。赤い電球とは違い、今は白熱電球が辺りを照らしている。今いる檻の全体がはっきり見えた。

予想していた通り、コンテナを改造した部屋だった。約十メートル四方、正方形の箱と言っていい。壁は分厚い鉄板で、工具がなければ穴を開けることは不可能だ。

改めて隅々まで見て回ったが、やはりどこにも扉はなかった。出入口がない密室というと、安手のミステリー小説のようだが、おそらく四方の壁のどれかひとつが開くのだろう。車のような大きな物を運ぶ際に、この種のコンテナがよく使われることは知っていた。

床に置いたままになっていたPHSを拾い上げた。どの番号を押してもピエロに繋がるだけだと言っていたが、本当だろうか。

パイプ椅子に座り、手の中のPHSを見つめた。自分のスマホのことが脳裏を過った。あの時、里美は奈々《なな》のLINEを見ただろうか。もし見ていたとしたら、とフリップに手をやった。

かすかに手が震えた。そうであるなら、回答を考え直さなければならない。

腕を組んだ毅の前で、モニターの数字が19：50に変わった。

＊

毅が浮気していたことは知っていた。

交際を申し込まれたのは、約二年前、九月初旬の暑い日だった。九月からは営業部員として独り立ちしていた。

そのタイミングで、別の部署の男性から好意を伝えられ、どうしたらいいと思いますかと相談すると、ぼくと付き合ってほしいと毅が言った。

「指導係を担当していたから言えなかったけど、ずっと君のことが好きだったんだ」

絵に描いたような話だけど、実際あたしは下書きをしていた。あたしに好意を持っている男性を利用し、毅に交際を申し込ませるように仕向けた。そうやって、あたしたちは付き合うことになった。

最初から毅との結婚を意識していた。はっきり言葉にはしていなかったけれど、毅も同じだ、とわかっていた。ある程度、恋愛を経験してきた人間なら、そうした雰囲気は手に取るように感じるものだ。

交際がスタートしてひと月ほど経った頃、初めて毅の部屋に泊まった。その時、お互いに過去の恋愛について話した。

あたしは小学校一年生の時の初恋から、高校、大学、会社に入社してからも含め、四人について告白し、毅は中一から今日までの七人について名前を挙げた。

本当は、過去に関係を持った男は九人いた。一回だけという相手も含めると、もう少し多い。

毅の方も、七人という数は怪しかった。十人を超えているのは確実で、他の男性社員からそんな話を聞いたこともあった。

本当のことを告白しようと約束していたけれど、それは建前だ。どうしても言えない相手や、言う必要がない過去もある。それはお互い様で、あえて触れないのが大人というものだろう。

確かめたかったのは、その時点で過去に交際していた人達と連絡を取っていないかどうかだ。結婚を前提にした交際なのだから、そこは明確にしておかなければならない。

あたしたちはそれぞれのスマホを見せ合い、該当する人物の連絡先を消していった。

あたしの方は二人しか残っていなかったし、毅も三人だけだった。

でも、その時から違和感があった。それは女の直感で、根拠がなくても証拠がなくても、わかるものはわかる。

毅があたしに交際を申し込んできた時、彼には他にも付き合っている女がいた。それを言わなかったのは、二人の関係を壊したくなかったからだ。

彼としては、その女と別れてからあたしと付き合うつもりだったのだろう。でも、他にあたしを好きだと言っている男性がいるとわかり、フライングであたしに告白した。

すぐにでも、その女との関係は終わると思っていた。だから、何も言わなかった。

あたしは毅と結婚したかった。ルックスはもちろん、永和商事の若きエースとして周囲からの評価も高く、将来の役員候補とも噂されている彼を逃すことなど、考えられなかった。

その後、デートを重ね、週末は一緒に過ごした。二人でいることが自然になり、毅がスマホをその辺に置いたままシャワーを浴びたり、自分だけ先に寝てしまうこともあった。

奈々という女からLINEが入っていることに気づいたのは、その頃だ。

毅のスマホはLINEのメッセージを着信すると、ロック画面にその内容が表示される設定になっていた。真夜中、かすかな音と共に、毅のスマホが光る。それはいつも奈々からのLINEだった。

〈今度、いつ会える?〉

〈水曜、旦那が出張でーす〉

〈昨日は楽しかった☆〉

そんなメッセージを何度も見ていた。奈々が結婚していることや、年上なのもわかった。

それでも何も言わなかったのは、最終的に毅が選ぶのはあたしだと確信していたからだし、奈々のＬＩＮＥに毅が返事をする様子がなかったからだ。無理のない形で別れようとする時に使う常套手段で、あたしにも経験があった。

今、奈々の話をすれば、あたしたちの関係が悪くなる。その方が怖かった。

あの頃、あたしは毅との交際を周囲にそれとなく伝えていた。両親や叔父にも交際している男性がいると話し、同期の女子社員には、ゼッタイ誰にも言わないでよと念押ししてから、毅と付き合っていることを打ち明けた。

〝誰にも言わないで〟が、〝誰にでも言っていいよ〟の意味なのは、女同士の暗黙のルールだ。

そのため、営業部内はもちろん、同期が所属している部署にも噂は広がっていった。毅も周りから聞かれれば、それを認めるようになった。

彼の友人とも積極的に会うようにしたし、それからの展開は早かった。交際一年足らずでプロポーズされ、もちろんあたしはイエスと答えた。すぐ両親や上司、同僚たちや友人に報告した。

そうこうしているうちに、奈々という女からのＬＩＮＥが入ることはなくなっていた。二人の関係は終わった。すべて計算通りだった。

ただ、付き合い始めた最初の一、二ヵ月、毅があたしと奈々に二股をかけていたのは本当で、それは浮気だ。

でも、気づかないふりをした。何も知らない、ちょっと鈍い女を演じた。だから、彼は浮気をしていないことになっている。

問題が二つある、とフリップを見つめた。毅はあたしが奈々の存在に気づいていたことを、本当は知っていたのではないか。

もうひとつ、あたしが浮気をしていたことは、知っているのだろうか。

＊

あれは失敗だった、と毅はテーブルに肘をついて、額に右の手のひらを押し当てた。

里美に交際を申し込む数ヵ月前、スマホの機種変更をした。データの移行や手続きに、四、五時間はかかっただろう。

誰でもそうであるように、途中で面倒臭くなり、設定については携帯ショップの店員にすべて任せた。

メールやLINEの内容がロック画面に表示される設定になっているとわかったのは、すべての手続きを済ませて携帯ショップを出た時だ。それはそれで便利な機能だし、あえて変更しようとは思わなかった。

会社の先輩のホームパーティーに招かれ、奈々と知り合ったのはそのすぐ後だ。彼女は先輩の妻で、おれの四歳上、少し吊り上がった目に、独特の色気がある女だった。

その場の流れで、パーティーに参加していた全員がLINEのIDを交換した。それだけのはずだったが、数日後、奈々からLINEが入った。

先輩とのことで相談があるという話だったが、それが口実なのはわかっていた。細かいことは覚えていないが、その日のうちに寝た。

人妻とセックスするのは初めてじゃなかったが、先輩の妻と寝ていると思うと、それだけで興奮した。

奈々も同じだったろう。先輩はおれより十歳上だ。年下の若い男に興味があっただけなのではないか。ひと時のスリルを味わいたい、それだけのことだ。

それからも、時々会うようになった。付き合うということではない。要はセフレだ。

だが、そんな関係にはすぐ飽きがくる。他の男性から交際を迫られている、と里美から相談を受けたのは九月の初めだった。

奈々との関係は続いていたが、どうせ別れるとわかっていたし、おれ自身も里美と付き合うつもりだったから、その場で交際を申し込んだ。

三十歳を目前に控え、そろそろ身を固めなければならないと考えていたし、結婚相手にふさわしい女は里美しかいなかった。

　入社前から、田崎里美という新入社員のことは噂になっていた。大学のミスキャンパスという肩書を持ち、何度かファッション誌に載ったこともある。

　しかも叔父が役員で、田崎家は永和商事の創業者、轡田家とも遠いながら縁戚関係にある。

　ルックス、育ちの良さ、家柄、誰からも愛されるキャラクター。結婚相手としての条件は完璧だった。

　里美の方もおれに好意を持っているのは、異動してきた時から感じていた。他の男の話は、おれの背中を押すための口実だとわかっていたが、別に構わなかった。

　すぐにおれたちは付き合うことになった。お互い、結婚を意識していた。

　おれも結婚を前提に交際を申し込んでいたつもりだったし、里美の結婚願望が強いことは、前から聞いていた。

　だから、里美が社内の女性社員たちに自分たちのことを話すのを止《と》めなかった。同僚たちから、最近ずいぶん仲がいいじゃないかと冷やかし交じりに言われても、そういうことだとおれも答えた。

　両親を紹介したいと言われれば、すぐ会いに行ったし、学生時代の友人とも会った。その辺りはおれも同じで、結婚が前提だから話は早かった。

唯一、計算違いがあったのは奈々だ。里美に交際を申し込んだ後、すぐ奈々と会って、関係を終わらせたいと話したが、もう少しだけ続けたいと彼女は言った。その目に危険な光があるとわかり、それ以上何も言えなくなった。

無理に別れれば、奈々は自暴自棄になって先輩におれのことを話すだろう。過去にもそういう女と付き合った経験があった、地雷を踏むのはまずい。

先輩はおとなしい性格の人だが、事が事なだけに、どうなるかはわからない。ミスは許されなかった。

対処法はひとつしかない。徐々に奈々と距離を取ることだ。

こちらから連絡を取ることは一切しないと決め、奈々からの連絡にも、返事をするまで一定の時間を置くようにした。時には意図的に放置することもあった。

丸一日後に返信が届くようなことが続けば、その意味はわかるだろう。三十四歳の大人なのだ。

週に一度は会っていたのを、月に一度会うか会わないか、そんなふうにシフトしていった。電話には出ないし、会った時には、そろそろこの辺で、というニュアンスを交えて接するようにした。

三カ月で決着がつくだろうと思っていたが、ほぼその通りになった。ただ、その三カ月が里美との交際期間と重なっていた。

その間、奈々とは何度か会い、流れでセックスもした。それは里美に対して不誠実な行為であり、浮気と言われればその通りだが、気づかれていなければ、何もなかったのと同じだ。

奈々との関係は里美に話していなかったが、一緒にいる時、スマホを置いたまま席を外したことが何度かあった。

肌身離さずスマホを持ち歩くことなどできないし、シャワーを浴びたりトイレに行く時もスマホを持ち込んでいたら、その方が怪しまれる。

会社でもそうだ。上司との打ち合わせを済ませてデスクに戻ると、画面に奈々からのLINEの履歴が残っていたこともあった。

里美は隣の席だったから、画面に浮かんだ表示を見ていたかもしれない。ロックの解除は指紋認証だし、パスコードは信頼の証としてお互い教えていなかったので、LINEの全文を読んだはずもないが、最初の一文に〈今度いつ会える?〉とあれば、一体誰なのかと思うだろう。

あの頃は、それほど深く考えていなかった。今思えば、設定を変更するべきだったが、面倒でそのままにしていた。あれは失敗だった。

もし、里美が奈々の存在に気づいていたとしたら。浮気していたと考えるのは当然だ。そうであるなら、フリップにはイエスと書くべきなのか。おれが何をしていたか知っているなら、その方がマッチングの確率は高くなる。

そしてもうひとつ。もっと重大な問題がある、と何も書いてないフリップを見つめた。

里美が浮気していたことを、おれは知っている。

＊

9：55。モニターの数字が十分を切っていた。

毅はあたしが他の男と寝たことを知っているだろうか、と里美はため息をついた。

プロポーズされた時、喜びより先に、これですべてが丸く収まるという安堵感があった。

奈々という女のことが気にならないわけではなかったが、交際を始めて二、三カ月ほど経った頃には、奈々からのＬＩＮＥが入ることはなくなっていた。

奈々との関係について問い質さなかったのは、そんなことをしても何の得にもならないとわかっていたからだ。

自分にも、毅に話していない過去がある。奈々のことは忘れてしまえばいい。

そう思っていたが、プロポーズの後、親や会社、友人などへの報告がひと通り終わり、結婚について具体的な話が進んでいくにつれ、心の中に澱が溜まっていくのを止められなくなった。

過去の女性についてとやかく言うつもりはなかったが、自分に交際を申し込んだ時点で、他の女と関係を持っていたのはどうなのか。

それほど深い仲だったとは思えない。それは毅の態度を見ていればわかった。体の関係だけ、ということなのだろう。

でも、それなら身辺をクリーンにしてから、交際を申し込めばよかったのではないか。自分だけ損している、そんな気がしてならなかった。ある種のマリッジブルーだったのかもしれない。

連絡先を消していた大学の時の恋人からメールが届いたのは、今年の二月だった。結婚すると聞いた。おめでとう。そんなことが書いてあった。

ありがとうと返信したのは礼儀だったが、お祝いしてよと書き添えたのは、自分の中に別の思惑があったからだ。

何度かやり取りがあり、二週間後に会うことになった。毅には大学の仲間がお祝いの会を開いてくれると言って、外苑前のイタリアンレストランで彼と二人だけで会った。

大学を卒業してから六年ぶりの再会だ。懐かしさもあり、いつもよりハイペースでワインを飲んだ。

そのまま、昔よく行った南青山のバーで飲んだところまでは覚えているが、三軒目へ行こうと立ち上がったところで、記憶はぷっつり途絶えている。

目が覚めると、円山町のラブホテルにいた。十二時を回っていた。

隣でいびきを掻いていた男を叩き起こし、タクシーで自宅へ帰った。車中でスマホを確かめると、毅から電話が一度、LINEが三件入っていた。

メッセージは残っていなかったし、LINEにしても、楽しんでるかとか、飲み過ぎるなよというような内容だったので、思わずため息が漏れたのを覚えている。

すぐにLINEを返した。盛り上がっちゃってLINEを見てなかったと書くと、既読がついたが、それに対する返信はなかった。

翌日出社すると、毅の態度はいつもと変わりなかった。結婚式を四カ月後に控えていたけれど、だからといって会社でべたべたするようなことをしないのは、社内結婚におけるマナーのひとつだ。

午後から出張が入っていた毅は、午前中の会議が終わると、そのまま東京駅へ向かった。

あたしは部の同僚と社員食堂でランチをしていた。その時、昨日青山にいたよな、と隣のテーブルにいた先輩社員が話しかけてきた。

「おれと大河内《おおこうち》と樋口の三人で残業してたら、急に課長から電話があってさ。表参道で飲んでるから、ちょっと出てこいって。タリア石油の役員が一緒だっていうから、行った方がいいだろうってことになって、三人でタクシーに乗ったんだ。途中、青山通りで信号待ちしてたら、君がオシャレな店に入っていくのが見えたよ」

大学の友人と飲んでいました、と答えた。声はいつもと変わらなかったが、背中に冷や汗が伝っていた。

いいねえ若者はと言っただけで、すぐに先輩は他の社員と別の話を始めたが、あたしは食べていたオムライスの味もわからなくなっていた。

先輩が見たというなら、一緒にタクシーに乗っていた毅もあたしに気づいたはずだ。男が一緒だったのは、わかっただろうか。

青山のオシャレな店、というのは例のバーのことだ。一軒目のイタリアンでかなり酔ってしまい、支えられなければ立っていられないほどだった。

そこからバーへ行くまでも、男と手を繋いでいたか、腕を組んでいたか、どちらかだっただろう。

バーに入る時はどうだったか。男が先にドアを開けた気もするが、はっきりしない。手を繋いだまま、二人で入っていったかもしれない。それを毅が見ていたとしたら……。

先輩社員に、あたしが男の人と一緒だったのを見ましたか、とは聞けない。それは毅に対しても同じだ。

見ていない可能性もある。タクシーの信号待ちなんて、数十秒だろう。見ていたとしても一瞬のはずだし、それで何がわかるというものでもない。

スマホを取り出し、昨夜毅から着信があった時間を確かめると、夜九時十一分だった。男とレストランで会ったのは六時半、二軒目のバーに移動したのは九時前後だっただろう。

このタイミングで電話が入っているのは、毅もあたしのことを見ていたからではないか。婚約者が他の男と手を繋いでバーに入っていくのを見て、黙っていられるはずがない。

大学時代の仲間と会う、と毅には伝えていた。女性の友人というニュアンスで話したし、毅もそう受け取っただろう。

ただ、仲間というのは複数の意味合いもある。女性の友人をメインに、男性もいたということにすれば、言い訳が成立するかもしれない。

酔ったあたしを、その男性が支えてくれたと話せばいいと思ったが、藪蛇になる恐れもあった。

毅は勘が鋭い。表情や雰囲気で、どういう関係か察してしまうかもしれない。そして、その後何があったかも。

だけど、とランチセットのサラダをつつきながら思った。毅だって、他の女と関係を持ちながら、あたしに交際を申し込んだ。そんな不誠実な話があるだろうか。

あたしはそうじゃない。あの男と寝るつもりはなかった。そうなったのは流れとしか言いようがないし、酔っていたからだ。あたしの責任じゃない。

毅に問い詰められたら、どう答えればいいのか、それればかり考えていたが、結局何もなかった。

福岡出張に行っている三日の間にも、いつものようにLINEや電話が入っていたし、あたしも普通にLINEを返した。

帰ってきた土曜には、東京駅まで迎えにいった。おみやげの明太子を忘れたと笑った毅の顔は、いつもと同じだった。

でも、彼はあたしが他の男と寝たことを知っている。しかも、結婚式まであと四カ月という時期に。

そして、毅が二股をかけていたことを、あたしは知っている。しかも、結婚を前提とした交際を申し込んだ後も、その関係を続けていたことも。

お互いがお互いの浮気を知っている。そして知らないふりをしている。

何もなかったようにふるまい、結婚式と披露宴を済ませ、両親、親戚、友人、会社の人達から祝福された。

『わたしは浮気をしたことがある』

モニター下にテロップが流れていた。自分は浮気をしたことがある。そして毅も浮気をしたことがある。

答えはイエスだ。

でも、アンサーゲームに正しい答えはない。二人の回答がマッチングすることが正解なのだ。

イエスかノーかの二択です、とピエロは言っていた。チャンスタイムです、とも。チャンスなんかじゃない、と涙を拭った。これは究極の二択だ。

どう答えるべきなのか。自分が他の男と一緒にいるのを見たはずなのに、何も言わなかった毅は何と答えるのか。

その後も、毅はあの夜のことについて触れなかった。大人同士の暗黙の了解、ということなのだろう。

下手に責め合えば泥沼にはまるだけで、場合によっては婚約解消ということにもなりかねない。

本気ではなく、体だけの浮気だ。誰だってあるだろう。なかったことにすればいい。

でも、二択という形で問題を突き付けられると、そこにあるのは本質だけだ。他の女、あるいは男と関係を持ったら、それは浮気になる。

しかも、お互いがその事実を知っている。だとすれば、答えはひとつ、イエスしかない。

顔を上げると、モニターの数字が00：49になっていた。もう時間はない。

左手でフリップを持ったまま、里美は回答を書いた。残り時間十秒です、というピエロの声が響いた。

＊

「ファイブ、フォー、スリー、ツー、ワン」

ゼロ、というピエロの声と共に、ファンファーレが鳴り響いた。

毅は額の汗を拭い、00：00という数字だけが映されているモニターを凝視した。里美は何と答えた？

「では、お互いにフリップをモニターに向けてください」陽気な声でピエロが言った。

「さて、どうでしょう。今回マッチングは――」

黙れと怒鳴って、モニターにフリップを向けた。不安そうな表情を浮かべた里美が、同じようにゆっくりとフリップを上げた。

「コングラッチュレーション！」

ナイスマッチング、とピエロが拍手した。互いのフリップにあった回答は『ノー』だった。

大きく息を吐いて、毅は椅子の背に体をもたせかけた。

「おれは浮気なんかしていない。里美だって同じだ」そのままの姿勢で大声を上げた。「わかりきったことを聞くな。結婚式が終わったばかりなんだぞ？　愛し合っているから結婚した。浮気なんかするはずもない」

そうですよね、と切り替わったモニターの中でピエロがうなずいた。

「チャンスタイムと申し上げましたが、バラエティ番組でいうところのサービス問題です。事実がどうあれ、お二人はノーと答えるしかないわけで……」

事実もへったくれもあるか、と毅は体を起こした。

「浮気はしてないし、今後一生しないと誓ってもいい。もっとまともな問題を出せ。これじゃ、真剣に答える気にもなれない」

あなたはチャレンジャーです、と感心したようにピエロが手を叩いた。

「いや、大企業のエリート社員ともなると、わたしなどとは考えている次元が違いますね。より困難なハードルを求め、挑戦し、そして勝利する。まさにあなたの人生そのものです。勝ち組とはそういうものなのでしょう」

自分が勝ち組だなんて思ったことはない、と毅は言った。

「そんなことはいいから、さっさと次の問題を出せ。五問目か？」

そうなります、とピエロが真っ赤な舌を出した。

「その前に、ささやかなプレゼントがあります。四問目の回答がマッチングしたことに対するご褒美《ほうび》とお考えください」

モニター横の壁が蓋のように開いた。その中にあったのは、一本のペットボトルだった。

水だ。喉が大きく鳴った。

税込み百円のミネラルウォーターです、とピエロが微笑んだ。

「ノーブランドですが、今、あなた方が最も欲しているものではないでしょうか」

椅子から立ち上がり、壁に向かって突進したが、勢いよく伸ばした手に鈍い衝撃が走った。モニターと同じように、保護用のガラスがはめ込まれている。

「どうなってる？　水を寄越せ！」

喉の渇きは限界に達していた。もう何時間も、一滴の水も口にしていない。何よりも水が欲しかった。

目の前にペットボトルがある。また喉が大きく鳴った。

手が激しく痛んだが、突き指をしたようだ。はめ込まれているガラスはかなり厚いことがわかった。割ることはできない。

「汚ないぞ。さっさと水を寄越せ。どうすれば開く？」

ガラスに手のひらを当てて強く押したが、一ミリも動かなかった。右、左、上、下。どちらかにずれることもない。

畜生と叫んだ時、それでは五問目に参りましょう、とピエロが言った。

『ペットボトルは一本しかありません。あなたはこの水をお相手に譲りますか？』

ふざけるな、と毅は荒い息を吐いた。

「それは問題でも何でもない。おれたちの人間性を試してるだけだ」

何も言わず、ピエロが肩をすくめた。やり方が汚《きたな》過ぎる、と毅はガラスを拳で叩いた。

「おれにしても里美にしても、どうにもならないほど喉が渇いている。それは肉体的な欲求で、愛情とか思いやりとか、そういうこととは関係ない。生きるために、水は絶対に必要だ。この状況でどうしろと？　いったい何がしたい？」

アンサーゲームです、と答えたピエロが手を伸ばし、テーブルの上に置かれていたペットボトルのキャップを開いた。

「あなたや里美様の人間性を試すという意図はありません。回答がマッチングするか否か、目的はそれだけです」

ピエロが喉を鳴らして、ペットボトルの水を半分ほど飲んだ。唇の端から、ひと筋の水が伝った。

もう許してくれ、と毅はその場にひざまずいた。

＊

ノーと書いて正解だった、とモニターに映った毅のフリップを見つめながら、里美はため息をついた。冷静に考えれば、二人ともノーと書くしかない問題だった。

自分も彼も、交際中に他の異性と関係を持っていた。お互いがお互いの浮気に気づいていただろう。

でも、今になってそれを認めることはできない。二人は結婚した。本当のことを言ってもどうにもならない。

ピエロがアンサーゲームと呼んでいるこの状況が、単なる悪ふざけなのか、あるいは大掛かりな冗談、それとも誘拐、拉致監禁というような犯罪だったとしても、いずれ解放されるはずだ。

でも、その後も二人の生活は続いていく。お互い、自分の浮気を認めたら、夫婦という関係性はすぐにでも壊れてしまうだろう。そんなことで、人生に傷をつけるわけにはいかない。

そう考えれば、回答はノーしかなかった。浮気していたと認めることに、何の意味もメリットもない。正直で誠実な回答が正しいわけではないのだ。

人は誰でも嘘をつく。ノーという答えは、嘘とさえ言えない。事実を言わないだけで、

しかも、それはお互いのためだ。

毅も同じことを考えたのだろう。回答がマッチングしたのは当然だった。

それよりも水だ、と顔を上げて目の前のペットボトルを見つめた。手が届くところにあったが、分厚いガラスが遮っていた。

『ペットボトルは一本しかありません。あなたはこの水をお相手に譲りますか?』

卑怯《ひきょう》よ、と唇からつぶやきが漏れた。

「試してるの? 愛情があるかどうか、あるのなら毅に水を渡すべきだと?」

ピエロは無言だった。こんな異常な状況じゃ無理、と里美は首を振った。

「あたしも毅も、何もわからないままここにいる。パニックになるのは当たり前でしょ? 何も考えられない。それでも相手を思いやれと?」

ピエロが首を傾げた。里美の目から、また大粒の涙がこぼれた。

「愛し合っているお二人ならそうされるでしょうとか、わかったようなことを言うのか

もしれないけど、あたしたちと同じ立場になってみればわかる。そこまで考える余裕なんてない」

思いやりや自己犠牲の精神についての設問ではありません、とピエロがペットボトルの水を飲み干した。

「誤解があるようですね。これはアンサーゲームなのです。何度もお伝えしておりますが、ゲームの目的はお二人が回答をマッチングさせることです。双方の愛情、理解があれば必ずマッチングできます。その要素の中に、相手への思いやりも含まれるかもしれませんが、それは二次的なものです」

「何がしたいの！」

ですから、アンサーゲームですとピエロが繰り返した。

「よろしいですか、アンサーゲームの問題は、特殊な知識や経験、資格がなければ答えられない難問、奇問ではありません。この五問目についても、回答はイエスｏｒノーの二択です。幼稚園児だって答えられますよ。これほどフェアなゲームがありますか？」

ひとつもフェアじゃない、と里美は手のひらで涙を拭った。

「こんな状況でなければ、あたしだってイエス、ノーの判断ぐらいできる。でも、今は違う。そうでしょう？」

「それは何とも――」

最初の話と違う、と里美は叫んだ。

「マッチングしなければ罰ゲーム、マッチングすればプレゼントをすると言ってたはずよ。あたしたちはさっきの問題にマッチングした。プレゼントを受ける権利がある」

五百ミリリットルのペットボトルは実にささやかなプレゼントですが、とピエロが指を一本伸ばした。

「今のお二人には同じ重量の金塊より貴重な物でしょう。一度のマッチングだけでお渡しするわけにはいきません。そして、一度のマッチングに対し、その都度プレゼントをお贈りするとは言っておりません。プレゼントがそのまま、次の問題に直結する。それもまた、ゲームのお約束ではありませんか?」

ルールはそっちが決めるってことね、と里美は歯を食いしばった。世の中とは常にそういうものです、とピエロが言った。

「アンサーゲームを支配しているのはわたしたちです。こちらの決めたルールで、ゲームに参加していただきます。政治、経済、法律、何だってそうでしょう? 人は定められたルールの中で、最善を尽くして生きていくしかありません」そろそろよろしいでしょうか、とピエロが笑みを浮かべた。「例によってシンキングタイムは三十分、では、お考えください」

モニターが切り替わり、そこに30:00という数字が浮かんだ。

『ペットボトルは一本しかありません。あなたはこの水をお相手に譲りますか？』

＊

29：11という数字の下に、一行のテロップが流れていた。

答えはひとつだ、と毅はマジックペンを握った。ペットボトルを里美に渡す、と書くしかない。

ピエロは否定していたが、設問の意図はお互いの愛情の確認だ。それは里美もわかっているだろう。だから、必ずマッチングする。

ただ、わからないことがひとつだけあった。マッチングしたとしても、ペットボトルの水が一本しかないのであれば、それはどちらの手に渡るのか。

里美であっても構わない、と思っていた。愛情や思いやりや自己犠牲の精神ではなく、肉体的に自分はもう少し渇きに耐えられる。

閉塞された空間のプレッシャーは凄まじい。窓もないため、息苦しかった。壁が迫ってくるような錯覚さえあった。

心理的な抑圧による思い込みだが、異常な状況なのは確かだ。緊張が全身を包み込み、叫び出したくなる衝動を堪えるだけでも精一杯だった。

自分でもそうなのだから、里美はもっと苦しいだろう。ひと口水を飲むだけで、プレッシャーは軽減されるはずだ。

この問題を含め、まだ六問残っている。里美が冷静にならなければ、マッチングできないまま自滅するだけだ。

その意味で、里美に水を渡すというのは、自分のためだった。何としても、絶対にここを出なければならない。そのためには、里美に水を渡すのが最善の策だ。

その一方で、不安もあった。すべてが終わるまで、あと二、三時間はかかるだろう。それだけの時間、水なしで耐えられるのか。

五問目の問いに対し、回答は決まっていた。考える時間は必要ない。シンキングタイムはまだ二十八分以上残っている。

その間に水を探そう、と椅子から立ち上がった。

水洗でないのはわかっていたが、水があるとすれば、この空間において考えられる場所はトイレしかない。徹底的に調べれば、他に何かがわかるかもしれない。

白熱電球が灯っているため、周りがよく見えるようになっていた。天井や壁に複数のカメラが設置されているのも確認できた。

ピエロたちは自分と里美の動きをすべて監視している。自分の動きも見ているのだろうが、別に構わない。まっすぐ部屋の隅にあるトイレへ向かった。

造りそのものは頑丈だったが、上蓋と便座は外せそうだ。プラスチック製で強度はないが、何かに使えるかもしれない。両腕で左右に捩ると、鈍い音がして便座が外れた。鉄板でできている壁を壊すことなどできるはずもないが、この部屋に誰かが入ってきた時、武器にはなるとうなずいた。

他に何かないかと辺りを見回すと、トイレットペーパーがロールごとひとつ床に置いてあった。後は、一千万円の現金が入っているボストンバッグがあるだけだ。

ピエロ、そしてそのバックにいる連中の意図がわからなかった。これだけの大仕掛けを準備するためには、手間や時間、金もかかったはずだ。

そして、ピエロの口調や様子から、アンサーゲームは今回が初めてではないことも確かだった。〝第四回アンサーゲーム〟と言っていたが、それが事実だとすれば、おれたちが四組目のチャレンジャーということになる。

過去に三回アンサーゲームが行われていたなら、トイレの洗浄はどうしていたのか。三組のカップルの誰一人として、尿意を感じなかったはずがない。外部から水を持ち込んで、便器を洗っているのだろうか。

手にしていた便座を見直すと、まったく汚れていなかった。新品そのものだ。毎回、新しいコンテナを準備し、設備をセッティングしているのか？

胸に湧き上がってくる不安を、抑えることができなかった。毎回、すべてを新しくしている？

答えは見つからなかった。明確になったのは、トイレ周りに水がない、ということだけだった。

苛立ちが募った。どうしてこんな目に遭わなきゃいけないんだ？　いったいおれが何をしたと？

他に調べる場所はないか、と正面の壁の前に立った。モニターを保護するため壁にはめ込まれたガラスの枠に、わずかだが隙間があった。外せるだろうか。

隙間に指をかけ、力まかせに引っ張った。だがガラスは一ミリも動かず、人差し指の爪が剝《は》がれただけだった。

その場でうずくまり、悲鳴を上げた。指先から、血が滴《したた》り落ちていた。

＊

一瞬、モニターに毅の姿が映った。右手を押さえて、うずくまっている。

声は聞こえなかったが、怪我をしたのだろうか。

「お願い、お願いだから毅と話をさせて！」何があったの、と里美は大声で叫んだ。

「彼に何をしたの？　あれは……血？」

何もしておりません、とモニターに映ったピエロが静かに口を開いた。

「どういう形であれ、こちらからお二人に直接暴力をふるうようなことは致しませんし、今後もそのような行為はしないとお約束できます」

だって怪我してる、と里美はモニターを指した。

「手から？　それとも指？　血が出てた。彼に何をしたの？」

愛情溢れるお言葉です、とピエロが満足そうにうなずいた。

「やはりあなたたちは素晴らしいベストカップルです。このゲームに参加できるのは、選ばれた者たちだけで、愛情の深さもその資格のひとつです。愛がなければマッチングしません。それでは、ゲームとしての楽しみがないでしょう」

お願いだから彼と話をさせて、と里美はモニターを手のひらで叩いた。

「無事かどうか、確認するだけでいいの。ここまで、あなたの指示に従ってきた。それは認めるでしょ？　一度だけでいいから、あたしの頼みも聞いて。彼と話をさせて！」

ディスカッションの要請ということでよろしいでしょうか、とピエロが首を傾げた。

「ディスカッション？」

そうです、と首を傾けたままピエロがうなずいた。

「ゲームのスタート時に説明しましたが、お二人にはディスカッションのチャンスが三回与えられています。最初のトークタイムは除外しますので、まだ三回丸々残っています。ですが、今お使いになるのはどうでしょう」

「だって……」

余計なお世話かもしれませんが、今後ディスカッションが重要になってきます、とピエロが首を元に戻した。

「三回しかないチャンスの一回を、パートナーが無事かどうか確認するためだけにお使いになるというのは、いかがなものでしょうか。くどいようですが、こちらから樋口様に暴力は行使しておりません」

ディスカッションでも何でもいいと叫んだ里美に、ではテーブルの白いボタンを押してくださいとピエロが言った。

「樋口様が応じれば、ディスカッションがスタートします。ただし、制限時間は三十秒しかありません。本当によろしいのですね？」

里美は白いボタンを叩きつけるようにして押した。天井に吊るされている電球の光が、明度を増した。

discussion 1（相談1）

タイムストップ、とピエロの声がした。モニター上でカウントダウンしていた数字が停まった。14：31。

どうなってる、と毅は右手の人指し指を押さえたまま顔を上げた。

里美様からディスカッションの要請がありました、とモニターに現われたピエロが早口で言った。

「お受けしますか？　あなたには拒否権があります。また、ディスカッションの内容はあなたとパートナーにとって不利な材料として用いられることがあります。了解の場合にはテーブルの白いボタンを押してください。一分以内に意思表示がない場合は、自動的にディスカッション拒否と見なします」

なぜだ、と毅は立ち上がった。

「何かあったのか？　どうして今、里美がディスカッションを？　お前たち、彼女に何かしたのか？」

答える必要を認めません、とピエロが口を両手で押さえた。わざとらしい仕草に腹が立ったが、どうすればいいのか判断できなかった。

ディスカッションの要請を受けるべきか、それとも拒否するべきか。判断材料は何もない。

五問目の回答は決まっている。里美が状況を理解していれば、おれに水を渡すと書くはずだ。

問題に関して、話し合う必要はない。それなのに、なぜ里美はディスカッションを要請したのか。

あと五秒、とピエロがカウントダウンを始めた。その声に押されるように、毅は白のボタンに触れた。

「ディスカッション成立です、とモニターの中でピエロが大きくうなずいた。

「ディスカッションタイムは三十秒、非常に短い時間です。一分間の猶予を与えますので、何を話すか整理しておいた方がよろしいかと存じます」

「整理？」

毅の問いを無視して、ディスカッションの内容は自由ですが、とピエロが説明を続けた。

「設問の回答そのものに直接触れると考えられる発言があった場合、その時点で強制終了となり、新たな問題が出題されます。よろしいですね？　また、会話は声のみとなります。では、何を話すかお考えください。ディスカッションスタートは一分後です。その間、時計は止まっていますので、ご安心ください」

ディスカッションの時間は三十秒しかない。要点を整理しなければならない。ポイントは何だ？

まず、里美が無事かどうか確認する。そして、何か情報があるか、それを話し合う。

一分が瞬く間に過ぎた。ブザーの音が鳴り、毅、という里美の悲鳴がスピーカーから聞こえた。

大丈夫か、と毅は叫んだ。

「無事なのか？　怪我は？　奴らに何かされてないか？」

「毅、手に怪我をしてるの？　何があったの？」

お互いの質問が交錯し、声が聞き取りにくかった。落ち着け、と毅は怒鳴った。

「何を言ってる？　どうしたんだ、今の段階でディスカッションを要請したのは――」

あなたが手を押さえている映像が映った、と里美が言った。

「指先から血が出てたけど、大丈夫？」

「壁を引っ掻いて、爪を剝がしただけだ。そっちこそどうなんだ？　殴られたり、そんなことは……」

あなたのことが心配なの、と里美が泣きながら叫んだ。モニターに10という数字が浮かんでいる。残り十秒だ。

「何かわかったことはないか？」

あたしたちは狙われてた、と里美が言った。

「ピエロたちは、大学の友達の電話を録音してた。ねえ、どうして？　あたしたち、何かした？　誰かに恨まれて、こんなことをされてるって――」

「他には？　気づいたことはないか？」

ホテルを出たのは十時間前だってピエロが言ってた、と里美が叫んだ。

「本当かどうかわからないけど――」

ブザーが鳴り、通話が切れた。タイムアップです、とモニターに映ったピエロが宣告した。

「いかがでしょう、トークタイム以降、お二人は会話をしていませんから、約二時間ぶりに里美様の声をお聞きになったわけです。さぞかし感慨深いものがあったのではと――」

汚いぞ、と毅はモニターのピエロを睨み付けた。

「お前はおれたちの行動をすべて監視していた。おれが爪を剝がしたのも見ていたはずだ。その姿を里美にわざと見せたな？」

何のことでしょう、とピエロが横を向いた。血が流れていたら誰だって不安になる、と毅は叫んだ。

「意味のないディスカッションをさせようとしたのか？　卑怯だぞ」

偶然です、とピエロが堂々と白を切った。

「今までも、お互いの姿はご覧になっていたはずですよ。あなたの指から出血があったことは、わたしも確認していますが、意図的に里美様にお見せしたわけではありません。そんなことより、お互いの無事がわかって安心されたでしょう」

感謝しろというのか、と床を強く蹴った毅に、そんなつもりはありませんとピエロが微笑を浮かべた。

「さて、五問目のシンキングタイムは十四分三十一秒残っています。今からカウントダウンを再開しますので、ゆっくりお考えください。十分な時間ではないでしょうか」

モニターが切り替わり、14：31という数字が大写しになった。待て、と呼びかけたが返事はなかった。

毅はパイプ椅子に腰を下ろした。何もかもに苛立っていた。

ピエロの狙いは明らかだ。手に怪我をしたおれの姿を里美に見せて動揺を誘い、ディスカッションを要請するように仕向けた。無意味に回数を消費させるためだ。

残されたディスカッションは二回しかない。先のことを考えれば、取り返しのつかないミスだ。

怒りの矛先は、里美にも向かっていた。簡単に騙《だま》されるなんて、馬鹿な女だ。

あなたのことが心配だったと繰り返すだけで、何の解決にもなっていない。そんなことのために、貴重なディスカッションを使うなんてどうかしている。

強く首を振りながら、落ち着け、と声を絞り出した。自分を抑えなければならない。冷静でいなければ、アンサーゲームをクリアすることはできない。

里美に対し、ホテルから拉致したのは十時間前だったとピエロは言ったという。大体の時間は、毅も見当がついていたが、それなりに有益な情報だ。今いるのは都内だ、と確信できた。

意識のない人間を、公共交通機関で移動させることはできない。誰かが不審に思う可能性がある。飛行機、新幹線、いずれも同じだ。車で運ぶしかない。

高速道路を使えば、ある程度遠距離への移動も可能だが、二人が解放された後、警察に通報された場合、道路に設置されているオービスやNシステムの画像が真っ先に調べられるだろう。車を発見されるリスクを考えれば、遠くへは行けない。

移動したのは短い距離だ。都心周辺で大型のコンテナがあっても不自然ではない場所に運んだ、と考えるべきだろう。港か、それとも貨物の集積場のようなところではないか。

だとすれば望みはある、と壁を見つめた。山奥なら、逃げてもすぐに捕まって連れ戻されるだろうが、都心周辺であれば助けを求めることもできるはずだ。

ピエロたちの目的が何であれ、ここから脱出することが最優先される。そのためにどうするべきか、考えなければならない。

〝あたしたちは狙われてた〟

里美の声が脳裏を過った。大学の友達の会話を録音されていたと言っていたが、何のことか意味がわからなかった。

録音されていたのは、最近大学の友人と話していた内容を指すのか。それとも大学時代の会話ということなのか。

そんなことがあるはずない、と首を振った。里美が大学を卒業したのは六年前だ。友人というのは、単なる大学生だろう。そんな人間の会話を、誰が録音するというのか。

そんなことをする意味も必要もないし、技術的にも不可能だ。狙われていたと言っていたが、それもあり得ない。

今はいい、と毅は立ち上がった。ここから脱出する方法を考える方が先だ。可能性があるのは一ヵ所しかないとつぶやいて、再びトイレに向かった。

残り時間一分、というピエロの声が響いた。モニターの数字が00：59に変わっていくのを、里美はぼんやりと見つめていた。

＊

回答はフリップに書いていた。迷いはなかった。

喉の渇きは辛かったが、人としての心を捨てるほどではない。そうであれば、答えは自《おの》ずと決まっている。水をあたしに、とつぶやいた。

マッチングそのものより、その後どうなるのかが不安だった。

さっきのディスカッションは何だったのか、とマジックペンを強く握った。毅は怒るばかりで、ろくに話を聞こうともしなかった。

彼のことが心配で、それしか考えられなかった。怪我をしていたのがモニター越しにはっきり見えたし、痛みを堪えている表情は、見ていられないほど辛かった。妻が夫の心配をして、何がいけないのか。

「もう……嫌だ」

滲んだ涙を指でこすった。何もかもに苛立ちがあった。ピエロにも、この部屋にも、そして毅にも。

ブザーが鳴った。タイムアップです、とモニターに映し出されたピエロが手を振った。

「いかがでしょう、途中にディスカッションを挟みましたが、回答自体はかなり早い段階でお二人ともお決めになられていたようです。自信があるということでしょうか」

疲れたの、と里美はフリップをモニターに向けた。

「下らないお喋りも聞き飽きた。頭が痛い。黙ってて」

そうはいきません、とピエロが胸を張った。

「わたしはアンサーゲームのマスター・オブ・セレモニー、つまり司会者です。ゲームの円滑な進行がわたしの仕事なのです。さて、お二人の回答が出揃いました。結果はどうでしょうか」

ドラムロールに続いて、ファンファーレが鳴った。マッチング！　とピエロが叫んだ。

モニターには『里美に水を渡す』という毅のフリップが映っていた。

「素晴らしい。最後に愛は勝つと言うのは本当ですね。お二人の愛情、絆の深さが目に見えるようです」

クラッカーが鳴る効果音と同時に壁の蓋が開き、水の入ったペットボトルが床に転がり落ちた。飛びつくようにして、里美はそれを摑んだ。

大丈夫です、とピエロが優しい声で言った。

「どうぞ、お飲みください。樋口様にも、ペットボトルが渡されています。回答がマッチングしたのですから、プレゼントを受け取るのは、お二人にとって当然の権利です」

ピエロの声が終わらないうちに、キャップを開けて水を飲んだ。渇いた唇、そして喉を伝わって、体中に水分が染み渡っていく。

ゆっくり飲まれた方がよろしいかと存じます、とピエロが咳払いをした。

「冷えていますからね。冷たい水を急に飲むと体に良くない、と私の祖母がいつも申しておりました」

無言で里美はモニターを睨み付けた。五百ミリリットルのペットボトルの半分以上を一気に飲んだが、渇きは収まらなかった。

「第一問こそイージーミスがありましたが、その後は四問連続でマッチングに成功しています」ピエロの声と同時に、モニター上に星取り表の図が浮かんだ。「ミスマッチは三回でゲームオーバーですが、このままの勢いですと、最終問題を待たずして、ゲームクリアということになるかもしれませんね」

お願い、と五分の一ほど水を残したペットボトルを里美はテーブルに置いた。

「もう許して。あたしたちを今すぐ解放して。解放してくれるなら、何でもします。もちろん、このことは誰にも言いません。警察だけじゃなく、親にも友達にも黙っていますし――」

素晴らしいですね、とピエロが拍手した。

「いやまったく、お二人の愛の深さには驚くばかりです。樋口様もまったく同じことを言っておられました。誰にも他言しないから、自分たちを解放してくれと……愛し合っているお二人は、思考回路まで同じなのでしょうか。それとも、愛の奇跡と呼ぶべきでしょうか？」

お願いします、と里美は椅子から降り、床に額をこすりつけた。土下座だが、恥も外聞もない。

解放されるためなら、本当に何でもするつもりだった。

「残念ですが、これはアンサーゲームです」どのような理由があっても、中止にはできませんとピエロが言った。「ゲームクリア以外、あなた方がそこから出ることはあり得ないのです」

里美は体を起こし、ゆっくりとパイプ椅子に腰を下ろした。何をしても無駄だ。最後まで、この馬鹿げたゲームに付き合うしかないのだろう。

「そんな悲しそうな顔をしないでください」あなたのような美しい方には似合いませんよ、とピエロがウインクをした。「ここまでが前半戦です。今のところミスマッチは一回だけ、非常に優秀な成績です。さあ、笑ってください。スマイル！」

もういい、と里美は床を足で蹴った。

「さっさと次の問題を出して。こんなこと、早く終わらせたい」

あなたには敬服します、とピエロが大きくうなずいた。

「何事に対してもポジティブに取り組む姿勢は、見習いたいところです。おっしゃる通り、次の六問目に参りましょう！」

横から手が伸びて、テーブルに一枚の封筒を載せた。封筒から紙片を取り出したピエロが、これはこれは、とつぶやいた。

「いやはや、神様はどこまでもあなた方の味方のようですね。ここまで愛されているとは、羨ましいを通り越して、嫉妬してしまうほどです」

「どういう意味？」

スペシャルサービスクエスチョン、とピエロが開いた紙を見せた。

『プロポーズの言葉は？』

これほどまでに愛に溢れたサービス問題がかつてあったでしょうか、とピエロが右手を振り上げた。唇の両端に、白い泡が浮いていた。

「昨日結婚式を挙げたばかりのお二人にとって、こんな簡単な問題を出題するとは、何とも粋なはからいではありませんか。お互いの愛を確認するために、これ以上ふさわしい問いはありません。新婚一日目です。プロポーズの言葉を忘れたとか、そんな野暮なことはおっしゃらないでくださいね」

どこがサービス問題なの、と里美は首を振った。

「毅と付き合っていた時、結婚について何度も話し合った。どちらからということじゃなく、あたしたちは最初から結婚を意識して交際を始めていたの。プロポーズの言葉って言われても、どれがそれなのか、曖昧過ぎて答えられない」

恥ずかしがるお気持ちはわかります、とピエロが笑った。

「熱愛を経て、結婚されています。何度も結婚を匂わせるような発言があったことは、想像に難くありません。愛し合っているお二人なら、毎回のデートがプロポーズのようなものですよね。しかし、そうは言っても決定的な言葉があったはずで、今回の問題はそこがポイントなのです」

「だから、どれが決定的って言われても――」

おっしゃる通りです、とピエロが一礼した。

「日常的に愛を囁いておられたお二人にとって、いつ、どこで、どの言葉が最終的なプロポーズだったか、決めかねるお気持ちは理解できます。ですので、今回に限りスペシャルな特典を用意させていただきました」

モニターが切り替わり、毅の姿が映し出された。どうぞ直接お話しください、とピエロが言った。

「いつ、どこで、ということについて、話し合っていただいて結構です。あなたが懸念されている問題は、それで解決できるはずです。樋口様にもお伝えしてあります」

タイムリミットは一分間、と再び切り替わったモニターの中でピエロが人差し指を立てた。

「制限時間以内でしたら、他の話をしていただいても構いません。唯一、プロポーズの言葉そのものはNGワードとさせていただきます。それを言ったら、ゲームになりませんからね」

「プロポーズの言葉さえ言わなければいいのね？　いつ、どこで、どんなシチュエーションだったかは、話していいってこと？」

その通りです、とピエロが立てていた人差し指を振るのと同時に、モニターに毅の顔が映った。

ではスタート、とピエロの声がした。画面上部に、60という数字が浮かんだ。

confirmation（確認）

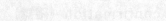

聞こえるか、と毅はモニターに向かって呼びかけた。里美がうなずいた。

結婚しよう、という意味合いの言葉は何度となく言っていたし、ある時期はそれが挨拶代わりになっていた。結婚するつもりだったからこそ、そんな軽口が口をついて出ることもあった。

ジョークめかしていたが、冗談ということではない。真剣に交際していれば、誰でもそんな言葉を言う時があるだろう。

ひとつひとつについて考えても、きりがない。ピエロが言った通り、いつ、どこで、プロポーズの言葉を口にしたか、そこさえ共有できれば、答えは絞られる。

「毅！」

里美が叫んでいる。落ち着け、と毅は大声で言った。

「時間がない。いつ、どこで、そこだけ確認しよう。いいか、去年の八月だ。二人で京都へ行ったな？　あの時だ」

わかった、と里美がうなずいた。

「もっと前から、結婚をほのめかすようなことは何度も言ってた。だけど、おれとしては、あの時が正式なプロポーズのつもりだった」

そんなこと言わなくていい、と里美が照れたように笑った。

「そうだよね、京都だよね」

ラスト十秒、とピエロの声が響いた。

「里美、覚えてるよな？　おれが何と言ったか――」

忘れるわけないと里美が答えた時、モニターの画面が真っ暗になった。

タイムアップです、というピエロの声がスピーカーから響いた。

「いや、冷や冷やしましたよ。お二人のどちらかが、肝心なプロポーズの言葉を口に出されてしまいますと、別の問題を出さなければなりません。次もスペシャルサービスクエスチョンかどうか、保証できませんからね。わたしとしては、お二人にアンサーゲームをぜひクリアしていただきたいのですよ」

黙ってろと怒鳴ると、口をつぐんだピエロがダブルピースを作った。ひとつだけ確認させろ、と毅は言った。

「プロポーズの言葉というが、完全に再現しろといわれても無理だ。それはお前だってわかるだろう。自分でも何と言ったか、正確には覚えていない。それは里美だって同じだ。一言一句、同じ言葉でなければならないということなら、回答を拒否する。別の問題を出すというなら、そうすればいい」

あなたの頭の良さは驚嘆に値します、とピエロが口を開いた。

「優秀なビジネスマンともなると、わたしのような凡人とは違いますね。確かにあなたのおっしゃる通りです。男性と女性ということもあります。何と言ってプロポーズしたのか、ニュアンスさえ同じであれば、マッチングと見なしましょう」

「最初の呼びかけ方が違うとか、語尾が違うとか、そんな難癖はつけないと約束するんだな?」

ケチなことは申しません、とピエロが胸を叩いた。

「樋口様が〝ぼくは〟〝おれは〟その他どんな一人称を使ったか、わたしにはわかりませんが、そういう細かい差異について、揚げ足を取るようなことは致しません。そこはお約束します。いかがでしょう、まさにこれこそスペシャルなサービス問題と呼ぶにふさわしいと思いませんか?」

ではシンキングタイムのスタートです、とピエロが合図した。モニターに30:00という数字が浮かび上がった。

「余計なことかもしれませんが、アドバイスをさせていただいてもよろしいでしょうか。私が思うに――」

その口を閉じろ、と毅はマジックペンをモニターに突き付けた。失礼しました、とピエロが頭を下げ、画面から姿を消した。

簡単な問題だ、とマジックペンを握り直した。

去年の八月末に、二泊三日で京都へ行こうと提案した。あの頃、お互いの仕事のスケジュールが合わず、会えない日が続いたり、ちょっとしたすれ違いもあって、関係が悪くなっていた。

このままではいけないと思ったが、それは里美も同じだったのだろう。すべてをはっきりさせなければならない時期が来たと考え、京都でプロポーズしようと決めた。

ドラマチックな演出をしようとか、そんなことは考えていなかった。もう三十を超えている。サプライズが似合う歳じゃない。

だから、京都に着いて宿に入り、夕食を済ませて少し経ったところで、結婚するか、とそれだけ言った。

今思えば、もっとそれらしい言葉を言うべきだったかもしれないが、照れ臭くなってそれしか言わなかった。言えなかった、ということかもしれない。

正直、焦りもあった。本気のプロポーズは初めてだったからだ。

過去に付き合った女性たちと、結婚の話をしたことはあったが、それは彼女たちを喜ばせるために言っただけで、深い意味はなかった。

「このままずっと付き合って、結婚することになったらいいな」

そんな言葉を言ったことのない男は、めったにいないだろう。二人の関係を盛り上げるための、スパイスのようなものだ。

里美に対してのプロポーズは真剣だった。これまでにないほど緊張したことは認める。用意していた指輪のことも、忘れていたぐらいだ。

それでも、気持ちは伝わったのだろう。よろしくお願いします、と里美が笑顔で答えた。あれがプロポーズだ。

結婚するか、だっただろうか。結婚しよう、と言ったかもしれない。いずれにしても大きな違いはないし、ピエロも正確な再現は必要ないと認めている。問題はない。

ただ、それ以前にも、結婚しようという意味合いの言葉を何度か言っていた。それだけが不安だった。里美が取り違えたりはしないだろうか。

大丈夫だ、と首を振った。京都へ行った時、と本人に直接伝えている。

京都だよね、と里美もうなずいていた。二人で京都へ行ったのはあの時が初めてで、その後もなかった。

小さくうなずいて、マジックペンを握った。マッチングへの不安はなかった。

京都、と里美は大きくうなずいた。

時期もはっきり覚えていた。あれは去年の八月の終わりだった。京都へ旅行に行こうと誘われて、もちろん行くと答えた。

即答したのは、プロポーズの予感が濃厚にあったからだし、もうひとつ、焦りがあった。

＊

去年の連休明け、小原桃香《おはらももか》という若い女子社員が営業部に配属された。二十四歳なのに、妙な色気がある子だった。

今も思い出すと腹が立って頭が真っ白になるほどだが、桃香の毅に対する態度は露骨というレベルではなかった。

銀座か六本木のホステスのように甘えた声で媚《こび》を売り、何かあると、近くに社員がいるのにわざわざ席の離れた毅に相談していた。しかも、ブラウスの第二ボタンを外してだ。

どうかしていると思ったし、それは他の女子社員も同じだったけど、桃香はそういうことを一切気にしないタイプの女で、自分でも女友達は一人もいないと公言していた。

あの頃、あたしと毅が付き合っていることは、部内の誰もが知っていた。先輩の女子社員の一人が、桃香に直接注意してくれたのも聞いていた。

だけど、それは桃香にとって何の意味もなかった。というより、人の男を奪うことが快感なのだろう。あたしと毅の関係を知って、ますます積極的になっていった。

毅も悪い気はしないようだった。甘えた声で絡《から》んでくる桃香の相手をして、二人で笑っていた。

セクシー女優とホステスのハーフみたいな女の子に、何をでれでれしているのか、と怒ったこともある。でも、毅は心外そうだった。

「何にもないよ。あるわけないだろ？　彼女は営業部に来たばっかりなんだぜ。わからないことがあれば質問するのは当然じゃないか。最近じゃ珍しいぐらい積極的でいい子だなって、課長も言ってた。教えるのは先輩の義務だよ」

驚くべきことに、ほとんどの男性社員が桃香の側に立っていた。一度、さすがに不安になって、課長に相談したけど、カリカリしなさんなと笑われた。どうして男って、あんなに頭が悪いんだろう。

タイミングも悪かった。あたしが担当していたクライアントの本社が大阪にあったため、週末に出張が重なった。それ以外でもスケジュールが合わなくて、デートの回数が極端に減っていた。

そんな時、大学のゼミの同期会で、短い間だけ付き合っていた昔の男と再会した。その後、流れで二人で飲みに行った。

それだけで、別に何もない。ただ、その後も何度か誘われた。

仕事があったり、プライベートの用事があったので、結局会わなかったけど、次に会えばどうなるか、自分でもわからなかった。桃香のことがストレスになっていたのは本当だ。

それは言っていなかったけど、毅もまずいと思ったのだろう。二泊三日で京都へ行こう、と誘われた。

このままだと関係が壊れてしまうという危機感が二人の中にあったし、修復するための手はひとつしか残っていなかった。つまりプロポーズだ。

本音を言えば、京都行きが決まった時点で、桃香のことは気にならなくなっていた。毅が選んだのはあたしで、勝ったのもあたしだ。新幹線に乗った瞬間、あたしたちの結婚は確定していた。

ただ、今回の問題は『プロポーズの言葉は？』だ。気持ちの話ではない。重要なのは、毅が何と言ったかだ。

朝早くに出たので、新横浜を出た頃、あたしは眠っていた。そろそろだよ、と起こされたのは京都に着く十分前だった。

寝ちゃったと言ったあたしの髪の毛を優しく撫《な》でた毅が、ずっと一緒にいたいなと囁いた。

あれをプロポーズの言葉と考えるべきなのか。結婚しようというニュアンスが伝わってきたのを、はっきりと覚えている。

違う。あれじゃない。なぜなら、毅は「京都で」と言っていた。

あの時、あたしたちは新幹線の車内にいて、まだ京都に着いていなかった。京都でのプロポーズが今回の回答だ、と毅が言うつもりだったのはわかっていた。

京都駅のホームに降りたのは昼前で、駅からほど近い蕎麦屋に入り、早めのランチを取った。

宿へ行く前に、上賀茂神社でお参りをした。世界遺産に登録されている、名所中の名所だ。

ベタ過ぎるけど、その方がいいと思った。あの時の気分にはふさわしい場所だった。

予約していた優崎館という旅館に入ったのは夕方四時頃で、由緒のある温泉宿だった。よく手入れされた庭が、とてもきれいだったのが印象に残っている。

部屋に露天風呂はついてなかったので、それぞれ大浴場に入った。時間が早かったせいか、誰もいなくてリラックスできた。

その後、部屋で食事をした。いわゆる京懐石料理で、冷えた日本酒がよく合った。

食事を終え、やや唐突なタイミングで「結婚するか」と言った。

結婚、という言葉は前にも何度か出ていた。二月に同じ営業部の社員の結婚式に出席した後の車の中で、あるいは春に銀座で映画を観た帰り。たまたま通りかかったブティックのショーウインドウにディスプレイされていたウエディングドレスを見た時、テレビで流れていた結婚情報誌のコマーシャルを見た時。

だけど、京都での毅はそれまでと違った。笑ってごまかしたり、照れて恥ずかしがったり、そんなところは一切なかった。シンプルに、結婚するかと言った。

よろしくお願いしますとうなずいて、笑顔を返した。それがあたしの答えだった。

その夜は、そのまま眠ってしまった。朝が早かったし、毅も疲れていたのだろう。

翌日は京都観光をした。お寺ばかり見た気がする。まるで修学旅行だな、と毅が冗談を言っていた。

ただ、予想以上に暑かった。ずっと歩いていたため、宿に戻った時、あたしは気分が悪くなっていた。ほとんど夕食に箸をつけられないまま、横になっているしかなかった。

翌朝になると体調が戻っていたので、いわゆる旅館の朝食を食べて、東京へ戻った。

朝食の時に二人で話し、そのままあたしの実家へ行って、結婚の報告をしようと決めていた。

両親は毅のことを気に入っていたし、それまでも何度か遊びに来ていた。結婚するつもりだとあたしは前から話していたから、お茶を飲んでおみやげを渡した毅が座り直して、お嬢さんと結婚させてくださいと頭を下げると、こちらこそよろしくお願いしますと父が答えて、それでセレモニーは終わった。

その時も、改めて結婚しようと言われた。でも、それは東京での出来事だし、確認のためだ。あれをプロポーズとは言わない。

京都で、というのがキーワードだ。二泊三日の京都旅行を振り返ってみても、プロポーズと呼ぶべきなのは一日目の夜、食事を終えた後のあの言葉だ。それ以外ない。

フリップに回答を書き込もうとした手が止まった。違う、もうひとつある。

一日目の夜、彼が「結婚するか」と言ったのは間違いない。それははっきり覚えている。でも、あれは言葉だけだった。

東京へ帰る日の朝、食事を済ませてから、改まった口調で座ってくれと言った毅が、小さな紺色の箱をテーブルに置いた。

「給料四カ月分」笑みを浮かべた毅が、箱の蓋を開いた。「プラス一カ月分は、君への愛ってことで……一生君を幸せにするよ」

そこにあったのはダイヤモンドのリングだった。昨日渡すつもりだったんだけど、里美が体調悪そうだったからさ、と毅がまた笑った。

「何ていうか、タイミングが違うよなって。だから今になっちゃったけど、はめてみて左手の薬指にリングをはめると、サイズはぴったりだった。あんなに感動するなんて思ってなかった。思わず泣いてしまったほどだ。

プロポーズって何を指すのだろう、と左手の薬指をまじまじと見つめた。

今しているのは結婚指輪で、ゴールドのリングだ。でも、あのダイヤモンドのリングの輝きを忘れたことはない。

ダイヤモンドに釣られて結婚を承諾したわけではなかったが、プロポーズというのは言葉だけで成立するものなのか。

結婚するか、というのは、よく考えてみると、積極的な言葉と言えない。何というか、ビジネス用語でいう〝打診〟に近い響きがある。ノーなら別の提案をいたします、そんな感じだ。

それと比べると「一生君を幸せにするよ」という言葉には毅の意思が込められていた。ダイヤモンドのリングにも、明確な決意が感じられた。

京都で、と毅は言った。彼はどちらを正式なプロポーズと思っているのだろう。

考え過ぎてはならないとわかっていたが、どちらが正しい答えか判断できなかった。

モニターに、13：22という数字が映っていた。

＊

『京都、結婚するか』

フリップに答えを書いて、毅は左右に目をやった。まだ十分以上時間は残っている。その間にできることはないか。

考えていたことがあった。本当にここから出られないのだろうか。そんなはずがない。箱でも檻でもいいが、その中に自分がいる以上、必ずどこかに出入口があるはずだが、何度調べても、どこにあるのかわからなかった。

ただ、一ヵ所だけ、外に出られる可能性がある場所があった。トイレだ。

トイレの穴を確認したが、中に黒いビニール袋が敷かれていたため、その下は見えなかった。

だが、照明が白熱電球に変わったため、ビニール袋の形状がわかるようになった。排水用の穴に垂れ下がっているのは、便器の下に空間があることを意味している。

フリップを置いて、トイレに向かった。白い陶器の便器を両手で摑んで左右に揺さぶったり、足で蹴ったが、微動だにしなかった。

仕方なく、不快だったが床に顔をつけて、便器の回りを調べ始めた。

よく見ると、便器は床に木ネジで固定されていた。フランジと呼ばれている箇所に、ネジが埋め込まれている。そして、便器そのものは床に接着剤で貼りつけられているようだ。

接着面は決して大きくない。木ネジを外せば、便器を動かせるのではないか。ただ、そのためには、ドライバーやペンチなど、工具がなければ無理だ。力でネジを引き抜くことなど、できるはずもない。

工具はなかったが、使える物がひとつだけあった。プラスチックの便座だ。

上蓋を取り外し、便座を足で押さえて全身の力を込めて曲げると、鋭い音がして二つに割れた。これじゃ駄目だ、と半分になった便座を放り投げた。

きれいに真っ二つに割れてしまったため、工具としては使えない。床に叩き付けて割るしかなかった。うまくいけば、マイナスドライバーとして使えるかもしれない。

うまく割れてくれと念じながら、半分になった便座を床に叩き付けた。三回目で破片が飛び散り、手の中に斜めに割れ目の入った便座が残った。

ネジに当てると、ぴったりはまった。力を込めて反時計回りに押すと、ネジが動く感触が伝わってきた。

(いける)

徐々に浮いてきたネジを親指と人差し指でつまみ、力を入れて回すと、意外と簡単に一本目が抜けた。

モニターに目をやると、4：36という数字が見えた。あと一本とつぶやいて、二本目に取り掛かった。

二本目を外し終えた時、あと三十秒というピエロの声がした。後にしよう、とパイプ椅子に戻った。回答はフリップに書き込み済みだから、問題ない。

スリー、ツー、ワン、ゼロとピエロがカウントし、終了のブザーが鳴った。

「愛し合っているお二人にとって、今回の問題はこれ以上ないほどイージーなものです。プロポーズの言葉は何ですか、これほどシンプルで簡単な問いがあるでしょうか。お二人の間に愛がある限り、絶対に忘れることのない言葉のはずです。いかがですか、自信のほどは？」

本当にお前の声は癇に障る、と毅は床に唾を吐いた。

「声もだが、その喋り方もだ。慇懃《いんぎん》無礼《ぶれい》を絵に描いたような口調だな。いいか、よく聞け。ここを出たら真っ先にお前を見つけて、親でも見分けがつかないぐらい殴りつけてやる」

下手な脅し文句ですね、とピエロが口元を歪めた。

「あなたには似合いませんよ。ビジネスの交渉事はお得意でしょうが、挑発には乗りません。いずれにせよ、あなたがわたしを見つけることはできません。わたしは単なる司会者で、アンサーゲームが終われば存在そのものが消えてしまうのです」

もういい、と毅は怒鳴った。

「さっさと答えを確認しろ。だが、その前にもう一度言っておくことがある」

「何でしょう?」

「出題前にも言ったが、多少のニュアンス違いを理由にミスマッチと判定するなら、この問題には答えない。たとえば〝結婚しようか〟〝結婚するか〟その程度の差だったら、マッチングと認めろ。お前はイージーな問題だというが、プロポーズの言葉を正確に覚えている奴なんてめったにいない。違うか?」

申し上げたはずです、とピエロが口を開いた。

「多くの男性がプロポーズの言葉を再現できないのは事実です。ですから、ニュアンスさえ合っていれば、マッチングと見なします。そうお約束したはずですが」

それならいい、と毅は座り直した。京都でプロポーズしたことは間違いなかったが、結婚しようか、あるいは結婚するか、どちらの言葉を用いたか、正確な記憶はなかった。

だが、結婚しようという意味の回答さえ書いていれば、それで十分だ。ピエロが何と言おうと、マッチングだと主張できる。

極端に言えば、里美が「結婚」の二文字を書いてさえいれば、それでいい。

プロポーズなのだ。結婚というワードを外すわけがない。絶対にマッチングする。

ではよろしいでしょうか、とピエロがモニターの中で指を振った。

「お互いの回答をモニターに向けてください。どうぞ！」

毅はフリップを表に向けた。画面に映った里美も同じ動きをした。

＊

ミスマッチング、というピエロの声が聞こえた。里美はモニターを見つめたまま、動けなくなっていた。

『京都、結婚するか』

毅のフリップにはそう書かれていた。そして自分の回答は『一生、君を幸せにする・京都』だった。

残念です、とモニターに映ったピエロが肩を落とした。

「まさかこのような結果になるとは、わたしも思っておりませんでした。愛を誓い合ったお二人が、プロポーズの言葉を取り違えるなんて、そんなことが起こり得るものでしょうか。信じられません」

待って、と里美はモニターに両手を伸ばした。

「プロポーズは京都だったの。それは毅もあたしも書いてる。そうでしょう？　彼に旅館の部屋で結婚を申し込まれた。あの時、あたしたちは結婚するって決めた。ちょっとニュアンスが違っていても――」

どこでプロポーズしたかをお尋ねしてはおりません、とピエロが言った。

「問題は『プロポーズの言葉は？』というシンプルなものです。場所は関係ありません」

「だけど……」

確かに、ニュアンスの差異については許容すると申しました、とピエロが唇の端を吊り上げて笑った。

「ですが、お二人の回答は許容範囲を超えています。一致するワードがひとつもありませんからね。黒を白と言うことはできませんよ。そうは思いませんか？」

「君を幸せにするっていうのは、イコール結婚しようって意味でしょ？　お願い、お願いです。場所は合っているんだし、言い回しが違っていても、意味は同じなんだから、マッチングと認めて！」

パイプ椅子から離れてモニターに近づいた里美に、残念ですが、とピエロが首を振った。

「この設問は、まさにその言い回しが焦点となっております。確かに、京都へご旅行に行かれた際、一日目の夜、樋口様は〝結婚するか〟とおっしゃられました。そして東京へ戻る日の朝、〝一生君を幸せにする〟とおっしゃって、あなたに指輪を贈ったわけです。どちらもプロポーズの言葉と言えますが、お二人の認識が違っていた以上、ミスマッチングと判定せざるを得ません」

こんなの詐欺《さぎ》よ、と里美はモニターを叩いた。

「ああ言えばこう言う、こう言えばああ言う。どっちを選ぶかは、あたしたちの感覚次第でしょ？　それじゃマッチングなんて運じゃない！」

叫んだ里美の顔に、いきなり何かがぶつかり、視界が真っ白になった。比喩ではなく、本当に顔が白く染まっていた。

失礼しました、とピエロが一礼した。

「最初に申し上げた通り、ミスマッチングの場合は罰ゲームが与えられます。大丈夫ですよ、顔についているのはホイップクリームで、お二人を傷つける意図は一切ございません」

何よこれ、と里美は顔を手のひらで拭った。べたべたとまとわりつく不快な感触。そして卵が腐ったような臭い。

忘れておりました、とピエロが手を叩いた。

「単にホイップクリームだけですと芸がありませんので、温めたお酢を多少混ぜております。何しろ罰ゲームですので……まあまあ、お気になさらずに。すぐ慣れますよ」

何度も顔のクリームを拭ったが、べとつく感触は消えなかった。拭うたびに床に手をこすりつけたが、完全に取れるはずもない。臭気は酷くなっていく一方だった。

吐きそうになって、里美は口に手を当てた。その拍子に、手についていたクリームが鼻に入り、嗚咽が止まらなくなった。

吐かない方がよろしいかと存じます、とピエロが笑いながら言った。

「どうしてもということであれば、トイレへ急がれた方がいいでしょう。酢と嘔吐物の交じった臭いは、なかなか厳しいでしょうからね」

吐き気を堪えて、里美はトイレへ走った。笑い声が追いかけてきた。

＊

Tシャツを脱いで、毅は顔を拭った。ホイップクリームはほとんど取れたが、酢の臭いは消えていない。

笑うな、とモニターを指さした。モニター脇の壁の蓋が開き、パイプが突き出している。クリームはそこから発射されていた。

「悪趣味もいいところだ。こんなことをして何が楽しい？」

それなりに、とピエロが微笑んだ。

「よくある罰ゲームですが、定番には強さがあるものです」

畜生、とモニターにクリームまみれのTシャツを投げ付けた。画面にTシャツが張り付いたが、笑い声だけは続いていた。

馬鹿にしやがって、と毅は壁に手をなすりつけた。普通のホイップクリームより、明らかに粘度が高い。不快なねばつきが手から離れなかった。

ピエロへの怒りもあったが、それ以上に里美に対する腹立ちの方が強かった。

あの女は本当の馬鹿なのか？　プロポーズだぞ？　結婚という単語が入らないわけないだろうが。

畜生、と壁を叩いた。何でこんな目に遭わなきゃならない？

里美は何を考えているのか。結婚するか、とおれは言ったんだ。

あれがプロポーズじゃなかったら、一体何だ？　他にどういう意味がある？

里美のルックス、天性の明るさ、育ちの良さに魅かれて、好意を抱いた。交際が始まり、結婚するなら彼女しかいないと思った。

その判断は間違っていなかった、と今も思っている。ただ、付き合ってすぐ、頭がいい女ではないとわかった。

それが欠点とは言わない。知的なつもりの意識高い系の女より、よっぽどましだ。だが、ここまで馬鹿だとは思っていなかった。

『プロポーズの言葉は?』

ピエロが言うほどイージーではないにしても、シンプルな設問だ。どんな女だって、結婚というワードと結び付けて考えるだろう。

どうしてこんな簡単な問題を間違えるんだ?

いかがでしょう、というピエロの声がした。毅はモニターに張り付いていたTシャツを、床に叩き付けた。

「多少は落ち着かれましたでしょうか。さぞかしご不快な思いをされているでしょうが……」

「当たり前だ、馬鹿野郎!」

まあまあ冷静に、とピエロが手でなだめるような仕草をした。

「わたしだって鬼じゃありません。何度も申し上げるようですが、お二人がアンサーゲームをクリアすることを、心から願っております。これは決して嘘ではありません」

「ふざけるな! だったらさっさとここから出せ!」

それはできませんが、次の七問目はお二人を救済するための問題ですとピエロが言った。

「救済? どういう意味だ」

いきなりモニター下の蓋が開いた。そこに一リットルサイズのペットボトルが入っているのが見えた。手を出すまでもなく、ガラスに遮られているのがわかった。

さっそくですが第七問です、とピエロが指を鳴らした。

『ペットボトルは一本しかありません。あなたはこの水をお相手に譲りますか？』

毅は口を閉じた。そうです、とピエロがうなずいた。

「五問目とまったく同じ問題です。ただ、ひとつだけ違いがあります。今回、ペットボトルは本当に一本しかありません。どうするべきか、時間の許す限りお考えください」

一本しかないというのは本当だ、と直感した。設問の意図は明らかで、二人の愛情の深さを試すつもりなのだろう。

「いかがでしょう、ディスカッションを使われますか？」

今はいい、と毅は声を絞り出した。里美様の意向も同じです、とピエロが言った。

「それでは、たった今からシンキングタイムをスタートします。例によって時間は三十分、では、どうぞ！」

モニターからピエロの姿が消え、代わりに30：00という数字が大写しになった。毅はTシャツを拾い上げて、トイレに向かった。

三十分のシンキングタイムの間に、残っている二本のネジを抜き、便器を動かす。そして、そこにできた穴から脱出する。

三本目のネジに割れた便座の破片を当てた。ネジを回していると、不意にホイップクリームが顔に命中した時のことが頭を過った。

ピエロが笑う声が聞こえたが、クリームにまみれたおれの顔は、さぞ滑稽《こっけい》だっただろう。

ただ、笑い声はひとつではなかった。他に数人の声が重なっていた。

バックにいる者たち、あるいはスタッフと呼ぶべき連中が、このアンサーゲームを見ていたなら、どこかで笑い声が聞こえてもおかしくない。

複数の人間がこのアンサーゲームに関わっていることは、早い段階で気づいていたが、今まで、笑い声は聞こえなかった。

なぜ、今、別の笑い声が聞こえたのか。意図的にそうしたのか、それとも偶然か、あるいは何らかのミスか。

おそらくミスだろう。ピエロの声と違って、エフェクトがかかっていなかった。あれは素の笑い声だ。

数秒のことだったし、声に特徴はなかった。わかったのは少なくとも二人以上、そして女の笑い声が混じっていたことだけだ。

あの笑いにどんな意味があるのか。声に潜む悪意が怖かった。

＊

ペットボトルに僅《わず》かに残していた水で、里美は手のひらを濡らし、顔を拭った。何度同じことをしても、鼻をつく異臭は取れない。そして、水がなくなった。

口の中は苦い胃液の味しかしなかった。鼻を突き刺すような酢の臭い。そして、いつまでもまとわりついてくるホイップクリーム。

目の前に一リットル入りのペットボトルがあるが、ガラスに遮られて触れることすらできない。

水を、と叫んでガラスを叩いたが、割れるはずもなかった。最悪の拷問だ。諦めきれず、ガラスを乱打しながら思った。このままでは頭がおかしくなる。

どうしてこんなことになったんだろう。全部毅が悪い。毅のせいだ。

確かに、「結婚するか」と彼は言った。それは覚えている。

だけど、プロポーズってそんな簡単なもの？　それまでだって、二人の間で結婚という言葉が交わされたことは何度もあった。

結婚したいね、いつか結婚できるといいね、結婚したらどこに住む？

京都へ行こうと誘われた時、プロポーズされるという予感があった。匂わすような言葉がなくても、態度でわかる。それまでとは何かが違っていた。

彼と結婚したかった。でも、自分から言い出すわけにはいかない。

どんなカップルだって、そうだろう。男性の側からプロポーズするのが普通だ。

彼の中では、結婚するかというひと言がプロポーズだったのかもしれない。自分もうなずいた。

でも、あれがプロポーズだったらつまらな過ぎる。夢も何もない。

それは彼もわかっていたはずで、だから東京に帰る日の朝に、一生君を幸せにするという言葉を添えて、指輪をプレゼントしてくれた。あれこそが正式なプロポーズだ。

幸せになんかなっていない、と床に座り込んだ。今のこの状況は幸せでも何でもない。

むしろ正反対、最悪の不幸だ。

誰か助けてと叫ぼうとしたが、出てきたのはかすれた声だけだった。叫んでも無駄だ。

誰も助けてはくれない。

毅も当てにならない。あんな男を頼っても無意味だ。自力でここから出ることを考えよう。

でも、その前に七問目の問題に答えなければならない。アンサーゲームは全十問。残った問題すべてにマッチングすれば、ここから出ることができる。

「第五問とまったく同じ問題です」

ピエロの声が頭の中で響いた。まったく同じ問題。

それなら、答えは決まってる。あたしに水を渡せと彼は言う。そのはずだ。

でも、本当にそうだろうか、と唇を強く噛んだ。毅が何を考えているのか、わからなくなっていた。

今、自分の中で、彼に対する信頼は限りなくゼロに近い。彼も同じだとしたら、どうなるのだろう。

さっきはお前に水を譲った、と毅が罵《ののし》る姿が目に浮かんだ。お前みたいな自己中心的な女に水を渡せるか。今度はおれの番だ。

喉まで迫り上がってきた胃液を、里美は必死で飲み込んだ。冷静になって。よく考えて。今はこの問題に集中しよう。

モニターに目を向けると、19：21という数字が見えた。その時、ピエロの言葉が脳裏をかすめた。

『――確かに、京都へご旅行に行かれた際、一日目の夜、樋口様は〝結婚するか〟とおっしゃられました。そして東京へ戻る日の朝、〝一生君を幸せにする〟とおっしゃって、あなたに指輪を贈ったわけです。どちらもプロポーズの言葉と言えますが――』

どうしてピエロはあたしたちの会話の内容を知っていたのか。

現実の会話の流れは、ピエロが言った通りだ。自分も彼も、記憶を辿ってあの時のことを思い出し、それぞれプロポーズの言葉を選んだ。

その選択が違っていたことはともかく、なぜピエロはプロポーズの言葉を知っていたのだろう。

旅館では部屋で食事を取った。料理を運んできてくれたのは仲居さんで、仕度が終わるとすぐに出て行った。他に誰もいなかったし、盗み聞きされたはずもない。

盗聴という単語が浮かび、腕に鳥肌が立った。

これは悪戯でも悪ふざけでも冗談でもない。最初から、あたしたちがアンサーゲームに参加することは決まっていたのだ。

でも、どうして？ いったい誰が？

異常なくらい、周到に準備をしている。それは大学二年の数ヵ月間だけ交際していた同じクラスの本多と、卒業直前に付き合うようになった野島裕子との電話を録音していたことからも明らかだ。

本多と裕子が交際を始めたのは、大学四年の十二月頃で、一年ほどで別れた、と裕子本人から聞いていた。

二人の会話が、一年の交際期間中のどの時点で交わされたかはわからないが、いずれにしても、五年以上前だ。少なくとも、その頃からあたしは狙われていたことになる。

あり得ない。普通の女子大生だったあたしを、誰が狙うというのか。

あたしと毅の会話だけではない。友人同士の電話も盗聴していた。誰が、何のためにそんなことを？

汗とクリームでべたつく長い髪の上から、頭を両手で押さえた。混乱。どういうことなのか、まったくわからなかった。

何かがおかしい。これはゲームじゃない。今すぐ、毅と話さなければならない。彼はどこまで状況を理解しているのだろう。

突然ブザー音が鳴り、シンキングタイムの途中ですが、とモニターにピエロが現われた。里美はその顔を見つめた。

＊

「シンキングタイムの途中ですが、ひとつだけアドバイスさせていただきたく存じます」

モニターのピエロが笑みを浮かべていた。アドバイスって何だ、と毅は叫んだ。

「非常に簡単なことです。アンサーゲームはこの第七問を含め、あと四問残っています」ピエロが右手の指を四本、左手の指を二本立てた。「ですが、既にお二人は二度のミスマッチをしています。最初に申し上げた通り、ミスマッチが三回になるとゲームオーバーとなります」

四本目のネジに便座の破片を押し当てながら、だからどうしたと毅は荒い息を吐いた。

「ゲームオーバー？　結構だね、さっさとこんな下らない悪ふざけを終わらせてくれ。何なら、ギブアップでもするか？　その方が手間が省けるだろう」

衷心《ちゆうしん》から申し上げますが、そのようなことは口になさらない方がよろしいかと存じます、とピエロがゆっくりと首を振った。同時に、モニターに10：00という数字が映った。

黙ってろ、と吐き捨てて、毅はネジを回し始めた。一分も経たずに、最後のネジが外れた。

腕で便器を押すと、僅かに右側の接着面が浮き上がった。Tシャツを肩に当て、全力で押した。

便器が動いている。更に押すと、また数センチ位置がずれた。

いつの間にかTシャツが床に落ちていたが、構ってはいられない。肩の痛みを堪え、足を踏ん張って満身の力を込めると、大きな音がして便器が三十センチほど動いた。

その場に尻餅をつく格好で、忙《せわ》しなく呼吸して肺に空気を送り込んだ。息を整えて床を覗き込むと、便器が動いたために、下水管の穴が見えるようになっていた。

穴の直径は三十センチもない。そこから外へ逃げることなど、できるはずもなかった。

だが、狙いは別にあった。穴にはめられていた黒いビニール袋を足で破ると、鋭いアンモニア臭が匂ったが、穴に直接口をつけて、助けてくれと叫んだ。

誰かこの声を聞いてくれ。聞こえるはずだ。何を言っているのかわからなくても、人の叫び声だと気づいてくれればそれでいい。

「誰か、助けてくれ！　閉じ込められてる！　誘拐された！　誰か！」

声の続く限り叫び、それもできなくなると、外した便器の蓋で穴を叩いた。

声を出すか、音を立てるか、できることはそれだけだ。誰かが聞いてくれさえすれば

―


「残り時間三分です」

いきなり声がして、毅は顔を上げた。モニターのピエロが三本指を立てていた。

「回答はお書きになりましたか？　さて、それはともかく、たった今里美様からディスカッションの要請がありました。そのため、時間はストップしております」

ディスカッション、と毅はかすれた声でつぶやいた。

七問目が出題される前、おれと里美はディスカッションの必要がないとピエロに伝えた。この問題に関して、話し合いをする意味はない。

というより、里美と話したくなかった。どうせ泣き言を並べ立てるか、愚にもつかないことを言うだけだろう。

「もう残り時間は三分しかない。今さらディスカッションをして、何がどうなるってい

うんだ？」

それはわかりません、とピエロが肩をすくめた。

「ディスカッションについて、わたしは単なるメッセンジャーに過ぎません。里美様からディスカッションの要請があったので、それをお伝えしているだけです。ただ、先ほども申しましたように、アドバイスはできます」

「アドバイス？」

お二人はディスカッションを一度行っております、とピエロが言った。

「チャンスは三回、そのうちの一回をお使いになったわけですが、まだ二回残っております。そして問題はあと四問。今、ディスカッションの権利を行使するべきかどうか、そこはお二人の判断次第ですが、慎重に考慮されるべきだというのが、わたしからのアドバイスです」

何を考えろっていうんだと立ち上がった毅に、七問目を出題する前に、ディスカッションは必要ないと里美様はおっしゃっておられました、とピエロが僅かに目を伏せた。

「約二十七分前です。ですが、今になってディスカッションを要請された意味を、お考えになるべきだと思います。この二十七分の間に、どうしてもあなたに伝えなければならないことがある、と里美様は考えられたのでしょう」

誘導しているのか、と毅はモニターを睨み付けた。

「ディスカッションのチャンスを、無意味に使わせようとしているんだな？　その手には乗らないぞ」

あなたは冷静な判断力を失っておられます、と目をつぶったピエロが左右に首を振った。

「便器を動かし、救助を求めて叫び続けても、得られるものはありません。そんな小さな穴から外へ出ることなど、できるはずもありませんし、いくら叫んでもその声は誰にも届きません。こちらも万全の手を打っております。どんな小さなリスクも排除しているのです」

お前たちが見ているのはわかってた、と毅は汚れた手をTシャツで拭った。

「便器の穴から脱出できる可能性はゼロに近いだろう。だが、声はどうだ？　防音壁を使っていても、音が外に漏れるのを完全に防ぐことはできない。おれはその可能性に賭《か》けたんだ」

そうではないでしょう、とピエロがまた首を振った。

「あなたは頭のいい方です。その部屋にカメラが仕掛けられていることは、最初からわかっていたでしょうし、すべてを監視されていることも気づいておられました。確かにあなたがおっしゃるように、防音加工をしていても、振動は伝わります。誰かが気づくリスクはありますが、あなたの本当の狙いは、あなたの行為を止めるために誰かがその部屋に入ることです」

唾を吐いた毅に、着眼点は素晴らしいと認めざるを得ません、とピエロが微笑んだ。

「ロジカルに考えれば、あなたがその部屋の中に閉じ込められている以上、どこかに出入口がなければなりません。論理的帰結として、あなたはその結論に達した。ですが、出入口を発見することはできなかった。それなら、開けさせればいい。そのために、監視されていることを承知の上で便器を動かしたのです」

だからどうした、と毅は手にしていたTシャツを投げ捨てた。

ご自分では正しい判断をしていると思われたのでしょうが、冷静にお考えくださいとピエロが言った。

「わたしたちはあらゆる可能性について検討し、何度もシミュレーションを繰り返しております。思いつきでこんなことをするはずがないじゃありませんか。あなたであろうと誰であろうと、何をしようとも、アンサーゲームが終了するまで、誰もそこへは入りません。それこそが最もリスクの高い行為だとわかっております。あなたほど頭のいい方が、それに気づかないというのは、冷静さを失っている証拠だと思いますが」

前にも言ったが、ここを出たら絶対にお前を見つけてやる、と毅は床を足で蹴った。

「必ず殺す。脅しじゃない。本気だ」

お待ちしております、とピエロがうなずいた。

「さて、話を戻しましょう。里美様から要請があったことは、お伝えした通りです。そして、あなたを誘導するつもりは一切ありません。アドバイスをしたのは、ゲームクリアの助けになればと考えたからで、わたしとしては、お二人の力になりたいという気持ちをお伝えしたかったのです」

ありがたい話だとつぶやいた毅に、冗談ではありません、とピエロが声を大きくした。

「何としても、お二人にこのアンサーゲームをクリアしていただきたい。本心からそう願っております。あなたはわたしを信じておられないでしょうが、ここまでわたしとしては多くのヒントを与えてきたつもりなのです」

「どういうことだ。ヒントって何だ？」

それ以上は申し上げられません、とピエロが口を押さえた。

「ただ、ひとつだけ言えることがあります。ゲームをクリアするために重要なポイントはひとつだけ、真実の愛です……さて、いかがいたしましょう。ディスカッションの要請を受けられますか？」

何が真実の愛だ、と毅はパイプ椅子に腰を下ろした。

「わかってるようなことを言ってるが、この状況で真実の愛も何もないだろう。ディスカッションなんか――」

ピエロが唇だけを動かした。聞こえないと言いかけた毅の前で、ピエロが素早く首を振った。

唇の動きなど読めるはずもなかったが、言わんとしていることはわかった。ディスカッションを受けろと言っている。

どういうことだ。なぜピエロはあんな真似をした？　言いたいことがあるのなら、声を出せばいいはずだ。

どうすればいいのか、判断がつかなかった。ディスカッションを受けるべきなのか。

ピエロは敵なのか、味方なのか。

残り時間三分のまま、タイマーが停止している。ディスカッションは三十秒間だ。

今、里美と話して、何がどうなるというのか。だが、手が勝手に動いて、テーブルの白いボタンを押していた。

ディスカッション成立です、とピエロが宣言した。

discussion 2（相談2）

時間を確認します、とピエロが右手を上げた。モニターの数字は2:59で止まっている。

「ディスカッションは三十秒間です。決して長い時間とは言えません。まず、冷静になることをお勧めします。感情的にならずに、何を伝えるべきか、よくお考えください」

わかってる、と里美はうなずいたが、考えを整理できなかった。毅にどう話せばいいのか。

ピエロというより、ピエロたちと言うべきだろう。一人でこんなことができるはずもない。複数の人間が関わっているのは間違いない。

彼らは自分と毅が京都へ旅行に行ったことを知っている。それどころか、会話を盗聴していた。

あの時だけではない。もっと前からだ。少なくとも、自分が大学生だった頃からと考えていい。十八歳の時からだとすれば、もう十年前になる。

全身の血が引いた。十年、監視されていた？ もしかしたら、もっと長く？

友人関係も把握しているし、友達同士の会話まで盗聴していた。そんな馬鹿な話があるだろうか。

ごく普通の女子大生のことを、十年間にわたって調べ続ける理由など考えられない。どんなメリットがあるというのだろう。

あたし個人ならまだわかる、と里美はつぶやいた。ある種のストーカーと考えれば、それなりに納得がいく。

こんな時代だ。十年間、一人の女性に執着していた者がいたとしても、おかしくはない。執拗《しつよう》に接触を図ったり、電話をかけたり、手紙やメールを送り続ける者だけがストーカーではない。ただ見ている、というタイプもいるだろう。害意がないから気づかないが、それもまたストーカーだ。

でもこれは違う、と首を振った。いわゆるストーカーではない。十年もの間、里美の個人情報を集め続け、そして結婚した途端、牙を剝いた。

恋愛、あるいは性的な目的ではない。執念でも執着でも妄執でもない。

拉致監禁されているが、誘拐ではない。金のためにしていることではない、とピエロは言っていた。

では、怨恨《えんこん》か。だが、ここまで強い恨みを抱いている者など、思い当たらなかった。

毅への嫉妬が理由だろうか。永和商事という超一流企業の営業部で、エースとして将来を期待されている毅を妬んでいる者がいることは知っていた。

会社では、女性より男性社員の妬心の方が強い。嫉妬というと女性の感情が連想されるが、会社内で男たちが足を引っ張り合う様《さま》は、見ていて怖くなることさえあった。

それも違う、ともう一度首を振った。彼らが監視していたのは自分で、毅ではない。どう説明すればいいのだろう。十年間、あるいはもっと前から狙われていた。いずれ、このアンサーゲームに参加することも決まっていた。

そんなこと、信じてくれるはずがない。いったい何のために、と毅は問い返すだろうし、自分も答えられない。

それでは何のためにディスカッションをするのか。今からでも、取り消した方がいいのではないか。

「何を話し合うべきか、頭の中でまとめておくべきです」三十秒は短いですよ、とピエロが優しい声で言った。「これはあくまで参考意見ですが、七問目について、回答を相談するのもひとつの手です。問題はあと四問、そしてあなた方は既にミスマッチを二度しており、もう後がありません。目の前の問題をクリアすることに、集中した方がいいのかもしれません」

里美は額に両手を押し当てた。どうしていいのかわからなかった。

とにかく、彼らがあたしのことを十年以上監視していたことを毅に伝え、信じてもらうしかない。

そろそろよろしいでしょうか、とピエロが口を開いた。

あと一分だけ、と里美はモニターに目を向けた。お待ち致します、とピエロがうなずいた。

＊

モニターに映っている里美を毅は見つめた。頭を抱えて考え込んでいる。何を話すべきか、迷っているようだ。

どうかしてる、と頬についていたクリームを二の腕で拭った。ディスカッションを要請しておきながら、何を話すか考えていなかったのか。

いや違う、と頭を振った。里美は何かに気づいた。それを伝えようとしている。

そして、それは重要なことだ。そうでなければ、残り時間三分という時点でディスカッションを要請するはずがない。今すぐ伝えなければならない、と考えたのだろう。

思い当たることが、ひとつだけあった。六問目の結果はミスマッチで、罰ゲームとして顔に酢の混じったホイップクリームをかけられた。

その時、確かに笑い声を聞いた。ピエロの笑いに重なるようにして、少なくとも三人の人間が笑っていた。そのうちの一人は女だった。

里美が伝えようとしているのは、それではないか。アンサーゲームには複数の人間が関係している、と言いたいのか。

冷静に考えれば、このアンサーゲームをピエロが一人で仕切っているはずがないのは誰でもわかる。

カメラひとつ取ってもそうだ。カメラを操作しているのがピエロでないのは、考えるまでもない、それは里美もわかっているはずだ。

では、一体何なのか。里美は何を伝えようとしているのか。

「一分後、ディスカッションをスタートしていただきます。心の準備はよろしいでしょうか」

ピエロの声に、小さくうなずいた。とにかく、ここは彼女の話を聞こう。余計な口は挟まず、ただ聞く。

何らかの意見を言うにしても、まずは聞かなければならない。判断はその後だ。

再びモニターに里美の姿が映った。目に涙が浮かんでいた。

＊

ゼロ、とカウントしたピエロの声とブザー音が重なり、同時に里美は口を開いた。

「毅、聞いて。六問目の後、ピエロがこう言ったの。『京都へ行った時、あなたが最初の夜〝結婚するか〟と言ったって。そして帰る日の朝〝一生君を幸せにする〟と言った』……あたしたちの会話を、完全に再現してるのもそうだし、シチュエーションまで知ってるのは、おかしいと思わない？　夕食の時とか、朝食の後とか、時間までよ？　あたしたちの会話を盗聴していたとしか思えない」

続けろ、とモニターの中で毅が言った。それだけじゃないの、と里美は叫んだ。

「大学の時、あたしが付き合っていたボーイフレンドと、卒業後にあたしの友達が交際していたんだけど、その二人が電話で話している会話を録音していた。意味がわかる？　ピエロたちは、ずっと前からあたしを狙っていたの」

本当かと言った毅に、あたしが大学に入った頃からだと思う、と里美は答えた。

「もっと前かもしれない。あたしたちがアンサーゲームに加わることは、その時から決まっていたの。どうしてあたしたちなのか……」

何のためにそんなことをと言いかけた毅に、わからない、と里美は続けた。

「ずっと、考えてた。そんなことをして何の得があるのかって。合ってるかどうかわからないけど、あたしたちの気持ちを、愛情を確かめたいんじゃないかって――」

ブザーが鳴り、終了ですとモニターに現われたピエロが言った。

「いかがでしょう、ディスカッションはうまくいきましたでしょうか」

わからない、と里美は両肩を落とした。ピエロたちの目的は自分たちの愛情の確認だと思っていたが、正しいのかと言われれば何とも言えない。結婚したばかりの二人の愛情を確かめることに、どんな意味があるのだろうか。

「さて、それではカウントを再開します」

ピエロの声と同時に、2：59という数字がモニターに浮かんだ。

「七問目の内容は覚えておられますでしょうか。『ペットボトルは一本しかありません。あなたはこの水をお相手に譲りますか？』です。イエス、ノーでも構いませんし、名前を書いていただいても結構です。お二人の愛が真実であれば、決して難しい問題ではないはずですが」

真実の愛って何、とフリップを取り上げた里美の唇から言葉がこぼれた。顔を上げた時、モニターにピエロの姿はなかった。

＊

モニターを見つめている毅の目に、00：00という数字が映った。タイムアップです、とピエロが宣言した。

「回答は書き終わりましたでしょうか。自信はおありですか？」

うるさい、と毅は額の汗を拭った。檻は密閉状態に近い。室内の温度が上がっているのが、肌で感じられた。

ではフリップをモニターに向けてください、とピエロが言った。

「答えはこうだ。水は里美に渡す」

毅は片手でフリップを掲げた。素晴らしい、とピエロが拍手した。

「ナイスマッチング！　ご覧ください、奥様の回答も同じです！」

モニターに里美が映っていた。手にしているフリップに『彼に水をあげてください』と書いてあった。

真実の愛をこの目で見たように思います、とピエロが目頭に両手の人差し指をあてた。

「こういう時代です。戦争、貧困、犯罪、病気。あらゆる災いが世界中の人々に降りかかっております。ですが、愛さえあればそんな問題はすべてなくなると、お二人が証明してくれたのではないでしょうか」

どうでもいい、と毅はフリップを床に放った。

「早く彼女に水を渡してくれ。おれはそれでいい」

壁の蓋が開き、ペットボトルが目の前に落ちてきた。彼女に渡せと言ったはずだと叫んだ毅に、マッチングされたのです、とピエロが微笑んだ。

「その際はプレゼントが与えられると説明したはずですが、お忘れでしょうか。奥様にも水を渡しております。どうぞ、お飲みください」

素早く前に出て、ペットボトルを摑んだ。口に当てて、そのまま水を喉に流し込むと、生き返ったような心地がした。

「これで残りの問題は三問となりました」お座りください、とピエロが指示した。「そして、ディスカッションのチャンスが一回残されております。条件がいいとは言えませんが、最悪でもありません。ディスカッションをどこで使うか、そこがポイントになるでしょうね」

手のひらに満たした水で顔を拭うと、きつい酢の臭いが薄れていった。

それではさっそくですが八問目に、と言いかけたピエロに、待ってくれと手を振った。

「気分が悪い。吐いてくる」

どうぞ、とピエロがうなずいた。ペットボトルを摑んだまま、毅はトイレへ向かい、便器に顔を押し込むようにして、指を喉に突っ込んだ。

本当に吐きたいわけではなかった。考えるための時間稼ぎだ。

ピエロたちはずっと前からあたしを狙っていた、と里美は言った。前回のディスカッションでも、大学の友達の電話での会話が盗聴されてたと話していた。

里美が大学を卒業したのは六年前だ。その頃の会話を録音していたというのはにわかに信じられなかったが、こうなっては信じるしかない。

自分が京都でプロポーズした時のことを考えると、里美が言っていた通り、奴らはおれたちを監視していたのだろう。盗聴されていたのも間違いない。

しかし、なぜ。

里美はこれまで恵まれた暮らしを送ってきたし、何をするにしても不自由したことはなかったはずだが、特別な人間というわけではない。

そんな里美を誰が狙うというのか。しかも、何年間にもわたってだ。ターゲットに相応《ふさわ》しい同世代の女性は、他にいくらでもいただろう。

小さな咳払いの後、よろしいでしょうかというピエロの声がした。

「気分は良くなりましたか？アンサーゲームを続けさせていただきたいのですが」

その場に唾を吐いて、毅は立ち上がった。

＊

安っぽいファンファーレの音が鳴り響き、いよいよ終盤戦です、とピエロが陽気に叫んだ。

「残りは三問！　張り切っていきましょう。それでは八問目です」

里美はモニターに目をやった。そこに一行の文章があった。

『あなたにとって、お相手の順位は人生で何番目？』

意味がわからないとつぶやいた里美に、そうおっしゃると思っておりました、とピエロがうなずいた。

「今回は多少の説明が必要かと存じます。難しい話ではありません。率直に申し上げますが、あなたは過去に何度か恋愛をしておられます」

「何度かって……」

失礼な発言をお許しください、とピエロが頭を下げた。

「当然のことで、むしろ素晴らしいとさえ考えております。昨今、異性との交際経験がない成人が五〇パーセントを超えたというニュースがありましたが、個人的には嘆かわしい風潮だと思っております。恋愛は人間の成長の糧です。一人のお相手と純愛を貫くのも美しいと思いますが、複数の恋を楽しむのも人生です。ましてや、お美しいあなたなら、何もない方がおかしいでしょう。もちろん、樋口様もです」

「それは……」

里美にとって、毅が初めて交際した男性ではない。もちろん、毅もそうだ。

今、里美は二十八歳、毅は三十一歳だ。過去に恋愛経験がなかったとすれば、その方が怖い。

ピエロに言われるまでもなく、恋をしたことがない者が増えていることは、里美も知っていた。それがいけないとは思っていない。恋愛に意味を感じない人たちが増えているという現実があるだけだ。

何があっても恋愛をしない、しても意味がないと考える者が増えているのは事実で、彼ら彼女らにとって、恋愛は人生に不要な要素なのだろう。

それに対し、里美も毅も恋愛に積極的だった。過去の恋愛について、お互いに話していたし、それが二人の関係を悪くした、ということはない。

よろしいでしょうか、とピエロが口を開いた。

「くどいようですが、たとえあなたが百人、千人の男性とお付き合いしていたとしても、わたしはそれを全面的に肯定します。この問題では、過去交際してきた男性の中で、樋口毅様が何番目になるか、それをお答えいただきたいのです」

「何番目って……」

恋愛にはさまざまな形があります、とピエロが唇を真っ赤な舌で舐《な》めた。

「幼稚園児が保育士さんに恋をすることもあります。また、両思いだけが恋ではありません。片思いも立派な恋だと、わたしは考えております。異性とは限りません。同性に対して恋をすることもあるでしょう。あるいはSNSを通じ、直接会ったことも声を聞いたことさえないお相手に恋愛感情を抱く方がいても、何らおかしくありません」

あたしは違う、と里美は首を振った。そういう人もいるだろうが、リアルな恋愛しかしたことはなかった。

特別な方というのは誰にでもいるものです、とピエロが歌うように言った。

「初恋はどうでしょう。あるいは初めて真剣に交際された方、ファーストキスのお相手。そういった方はいかがですか？　忘れられない方は誰にでもいるはずです。それも含め、過去にお付き合いされた方のランキングを作っていただきたいのです。その中で樋口様は何番目なのか、順位をお答えください」

どうかしてる、と里美は叫んだ。

「何言ってるの？　恋愛って、そんな風に割り切れるものじゃない。時期や状況によって、相手への気持ちも変わる。誰だって、過去は美化するものでしょう？　そこに順位なんてない。誰が一番とか二番とか……」

あえてです、とピエロが重々しくうなずいた。

「おっしゃる通り、恋をするたび、あなたは真剣にお相手のことを想っていたでしょう。常に、その時のお相手が最愛の人だと思われていたと信じております。ですが、冷静に考えてください。全員がそうだったとは言い切れないのではありませんか？　先ほど百人と申しましたが、あなたはそんな大人数の男性と交際をしておりません。決して難しくない問題ですよ」

何を知ってるの、とつぶやいた里美の前で、モニターが切り替わった。映っていたのはゼッケンをつけた体操着姿の少年だった。1ねん2くみ、よこやまかのり、と書いてある。

「……どうして、横山くんの写真が？」

横山孝則は小学校の同級生で、家が近所だったこともあり、登下校はもちろん、毎日一緒に遊んでいた。ぼくのおよめさんになって、と宝物にしていた滑らかな丸い石をプレゼントしてくれた男の子。

次の写真がその上に重なった。ブレザー姿の中学生。一年上の秋山英次《あきやまえいじ》だ。初めて異性を意識した片思いの相手。

次々に写真が重なっていく。ファーストキスの相手、中学三年の時同じクラスだった中沢俊幸《なかざわとしゆき》。高校の時に付き合っていた四人の男子。

そして大学時代、更には永和商事に入社してから知り合った秘書課の東山《ひがしやま》課長の顔もあった。短い期間だが、不倫していた男。

「これがすべてと申し上げているのではありません」モニターにピエロが現われた。「アイドルに憧れたこともあったのではありませんか？　それもまた恋愛のひとつの形だと、わたしは考えております。あなたほど美しい方でも、かなわなかった恋もあったでしょう。その中で順位をつけ、樋口様が何位なのかお答えください。ご理解いただけましたでしょうか？」

順位なんてつけられない、と弱々しい声で里美は言った。老婆心ながら、とピエロが声を低くした。

「どこまでご自分の過去について、樋口様にお話しされてますでしょうか。樋口様のことをあなたはどこまでご存じでしょうか。その辺りを踏まえてお考えいただくのが、よろしいかと存じます」

心の準備はいかがでしょうと言ったピエロを見つめていると、恐怖、不安、混乱、あらゆる感情がないまぜになり、涙が溢れた。

「お気持ちはわかります。落ち着いてください」

ピエロの声に、里美は顔を両手で覆った。何も考えられなかった。

＊

どういうことだ、とモニターを見つめたまま毅はつぶやいた。

十一人の女性の写真が、スライドショー形式で映し出されている。すべて、過去に交際していた女性たちだ。

最初に映った少女の顔を見た瞬間、混乱して訳がわからなくなった。中一の時、初めて付き合った同じクラスの川井美月《かわいみつき》のボーイッシュな笑顔がそこにあった。

付き合うようになったのは、一年生の五月か六月だった。おれはまだ十二歳で、あれから二十年近く経っている。なぜ、こんな写真がある？

それだけではない。中学、高校、大学の時に付き合っていた相手の写真があった。一番わからなかったのは、高校二年の時、数カ月だけ付き合っていた屋代加代子《やしろかよこ》だ。

加代子は四歳上の女子大生で、毅の高校に教育実習生として来ていた。整った容姿に加え、女子高生とは比べ物にならない大人の雰囲気に、学校中の男子が色めきたったものだ。

実習期間はひと月ほどで、その間に何人かが加代子に想いを伝えたが、全員がふられて終わっていた。

毅も加代子に憧れに似た気持ちを抱いていたが、とても無理だと思い、近づかなかった。それがかえって好印象を与えたのか、教育実習が終わった日、加代子に呼ばれてメールアドレスを書いた紙を渡された。連絡を取り、付き合うようになったのは半月後だ。

教育実習生が生徒と交際しているとわかれば問題になると加代子は言っていたし、その立場は理解できた。下手をすれば、教師になることもできなくなるだろう。

秘密の交際というシチュエーションが、毅にとっても刺激的だった。だから、本当に誰にも言わなかった。

それなのに、どうして加代子の写真があるのか。

交際相手の女性を友人に紹介したり、家に呼ぶこともあったが、加代子のことだけは、誰にも話していなかった。

奴らはいったいどうやって調べたのか。本人同士しか知らない事実なのだ。

あなたほどの方なら、女性からの人気が高いのは当然です、とピエロの声がした。

「お相手も美しい方ばかりですね。昔の言い方になりますが、マドンナということになるのでしょうか。羨ましい限りです」

どういうことだ、とかすれた声で尋ねた毅を無視して、それがいけないなどと申してはおりません、とピエロが言った。

「恵まれた容姿や持ち前のリーダーシップを武器に、何人もの女性と恋をしてきたわけですが、そこに問題はありません。多少交際期間が重なっていたり、道義的にいかがなものかと思うことはありますけれど、その辺りは若気の至りということで……ただ、今回の問題では、樋口里美様、つまり奥様があなたの中で順位として何番目か、それをお答えいただきたいのです」

無茶苦茶だ、と毅は大きく息を吐いた。

「ヒットチャートじゃないんだぞ。ベストテンのランキングを作って、第一位をあげろって？　そんなこと、できるはずないだろう」

認めます、とピエロがうなずいた。

「ですが、これはアンサーゲームです。恋愛についてどういうお考えをお持ちなのか、それはあなた個人の自由ですが、ここでは順位をお答えいただかねばなりません」

おれは里美と結婚したんだ、と毅は叫んだ。

「順位なんか考えたこともないが、ルールに従えというならそうするさ。おれのランキングで里美は一位だよ。そうじゃなきゃ結婚しない。当たり前だろう」

そうでしょうか、とピエロが頬づえをついた。

「結婚したから一位、というのは短絡的ではありませんか？　あくまでも仮定の話ですが、小学校の時の初恋の相手が、最も愛した女性かもしれません。ですが、小学生同士が結婚することは法律的にも許されませんし、周囲の大人たちも笑うだけでしょう。その他にもさまざまな事情があったはずで、結婚したから人生で最愛の人、ということにはなりません。むしろ、年齢や環境、経済的事情、周囲との関係、そんな理由で結婚をお決めになる方が多いのは、あなたもご存じのはずです」

どんなことだって言えるさ、と毅はテーブルを叩いた。

「結婚したから一位、一位だから結婚した、どっちも間違いじゃない。そうだろ？　順位をつけるような考え方はしたことがないし、そんなことはできない。だけど、今はお前のルールに従うしかないんだろ？　それなら里美が一位と答えるだけだ！」

モニターが四分割され、そこに一人ずつ女性の姿が映し出された。

「あなたはこの四名の女性に、結婚しようというニュアンスの言葉をおっしゃっております。まず申し上げておきますが、責めているのではありません。その場の流れでそんなことを言ってしまうのは、誰だって覚えがあるでしょう」

冗談で言ったわけじゃない、と毅は額を押さえた。頭の芯に鈍い痛みが広がり始めていた。

「確かに、雰囲気に流されたのかもしれない。そう言った方が相手が喜ぶだろうとか、そんなことだ。悪気はなかった。ただ……」

結婚しよう、死ぬまで君を離さない、一緒に暮らそう、君だけだ、とピエロが感情の籠もらない声で言った。

「結婚という単語を使わなくても、匂わせるニュアンスでそんなふうに言ったこともあるはずです。いかがでしょう、里美様に対してはどうでしたか？　その気持ちはどこまで真剣でしたか？」

教えてくれ、と毅は呻き声を上げた。

「どうしておれの過去を……秘密を知ってる？」

ピエロが口を閉じた。どうなってるんだ、と毅はテーブルに突っ伏した。

ディスカッションを要求した方がいいのだろうか、と里美は考えていた。

＊

交際を始める時、お互いの過去について話した。毅の初恋の相手は、中学校の同級生だった。付き合おうと告白して、彼女もイエスと答えたと自慢していた。

自分の方は、小学校のクラスメイトだった横山くんのことを話した。あれが初恋だったのは本当だ。あたしは横山くんのことが好きだったし、彼もそうだった。

でも、小学校一年生同士の好きは、男女の好きじゃない。横山くんのことを話したのは、ちょっと微笑ましいエピソード、ぐらいのつもりだった。

その後のことも、何もかも話したわけではなかった。嘘をついたというのではなく、自分のためにも、毅のためにも、すべてを話しても意味がないとわかっていた。

毅の方も同じで、付き合うと長いんだ、と中学の初恋から大学を卒業するまで、五人と交際していたと話した。永和商事に入社してからは二人、どちらも社員ではなかったと言ってたけど、それが嘘なのはわかっていた。

入社後、毅が社内で三人の女性社員と交際していたのは、噂で何となく伝わってきていた。でも、問いただしたりはしなかった。

相手のことを知っておきたいという気持ちはあったけど、あれはある種のセレモニーで、傷つくような話は聞きたくなかった。

毅が結婚を匂わせるようになったのは、かなり早い時期だった。自分もそのつもりだったし、お互いの年齢を考えれば、結婚が前提になるのは当然だろう。プロポーズされて結婚し、あたしたちは幸せな新婚夫婦になった。

いくつかハードルはあったけれど、越えるのは難しくなかった。

ただ、ピエロが言うように、順位をつけるとなると、簡単ではない。結婚を決めたのだから、一位ということにはならない。恋愛と結婚は違う。

もちろん、毅を愛している。毅もあたしを愛している。

でも、それが人生の中で最高の愛かと問われると、自分でもよくわからなかった。

ディスカッションのボタンに伸ばしていた手を止めた。難しく考えるのは止めよう。

結婚相手として、毅を選んだ。お互い、言えないこともある。それをわかった上での選択だ。

結婚を決めた時点で、それは運命だった。ランク付けなんて考えたこともなかったけど、毅しか結婚する人はいなかった。

それは人生で一番好きな人だから、ということになる。ディスカッションをする必要はない。

大きなため息が漏れた。それでも、忘れられない人がいた。

*

答えは決まってる、と毅はつぶやいた。これはある種の引っかけ問題だ。交際を始めた直後か、それとも直前だったかは覚えていないが、里美と過去の恋愛について話したことがあった。

十代ならともかく、二人とも大人だ。赤裸々なことは言わなかったし、すべてを正直に話したわけでもなかったが、適当にオブラートに包みながら、お互いに自分の過去を語った。

本当のところを言えば、何人の女性と交際したのか、自分でもカウントできないところがあった。一夜だけの付き合いも含めれば、体の関係を持った相手は二十人以上いたが、すべてに恋愛感情があったわけではない。

結果論のような言い方になるが、結婚した里美が最愛の女性だ。それを一位と表現するなら、一位と答えるしかない。

正確な順位は本人にしかわからない。もしかしたら、里美にとって自分は二位なのかもしれない。自分も、里美が一位ではないのかもしれない。何位なのかは、それぞれが決めることだ。

引っかけ問題というのは、そういう意味だ。ピエロ、そしてバックにいる連中は、二人の関係を壊そうとしている。

考えさせ、迷わせて、自分でも明確になっていない心の真実を吐き出させることが目的なのだろう。

その手には乗らない。フリップに『1位』と書いた。

何をしても無駄だ。引っかかりはしない。

だが、里美はどうだろうか。

この問題は、考え過ぎてはならない。考えれば考えるほど、奴らの思う壺だ。

自分の心の奥を見つめ、過去の男たちのランキングを作り始めれば、泥沼にはまる。

冷静に状況を考えれば、一位と答えるしかない。

この問題に限って、ピエロがさまざまな説明を加え、過去の交際相手の写真を見せているのは、ミスリードさせるための罠だ。

それを里美はわかっているだろうか。ディスカッションを要請して、奴らの真の狙いを伝えるべきではないのか。

信じるしかない、と白いボタンに伸ばしかけていた手を引っ込めた。ここでディスカッションを使えば、もう次はない。切り札は最後まで取っておくべきだ。

わからないとつぶやいて、毅はモニターを見つめた。なぜ奴らはおれが交際していた女性たちのことを知っているのか。

たとえば初恋の相手、川井美月のことは、同じクラスの全員に話していた。少なくとも、数十人がおれと美月の関係を知っている。調べるのは難しくなかっただろう。

だが、誰にも言っていない、誰も知らないはずの相手まで突き止めている。どうすればそんなことができるのか。

まさか。

里美との結婚を決めたことによって、おれは奴らのターゲットになったのか。

そんなはずはない、と強く首を振った。里美との結婚に反対する者が過去の女性関係を調べ、ふさわしい相手ではないと言うつもりだったのなら、話として筋は通るが、実際には入籍しているし、結婚式も挙げている。今になってこんなことをしても意味はない。

それでも、全員ではなかった。絶対に知られてはならない相手がいる。そこまでは奴らも調べることができなかったようだ。

あの女のことは、誰にも絶対に言えない。誰かに知られたら、おれの人生は終わる。

モニターに目をやった。残り時間は四分を切っていた。

フリップに『1位』と書き込みながら、里美はため息をついた。

混乱していたが、一位と回答するしかないのはわかっていた。毅も一位と書くに決まってる。マッチングには確信があった。

＊

あと三問、とつぶやいた。確実にこの問題はマッチングする。実質的にはあと二問だ。そして、ディスカッションのチャンスが一回残っている。アンサーゲームをクリアすることは可能だ。

だが、一抹の不安があった。もし最後の十問目まですべてマッチングしても、ピエロたちはあたしたちのことを本当に解放するのだろうか。

助けて、毅。あたし怖い。どうすればいいのかわからない。

＊

タイムアップです、とモニターの画面一杯にピエロの顔が大映しになった。

「いかがでしょう、答えは書き終えていますね？　決して難しい問題ではございません。

お互いの愛を信じていれば、マッチングは簡単で──」

御託《ごたく》はたくさんだ、と毅は怒鳴った。

「答えは書いた。さっさとこの下らないゲームを進めろ」

モニターにフリップを向けてください、とピエロが微笑を浮かべた。

二人が同じタイミングでフリップを掲げると、ナイスマッチング、という声と共にファンファーレが鳴った。

『1位』、『1位』、いや、一言一句違っておりません。さすがに愛し愛されているカップルは違います。ここまで完全にアンサーが同じですと、わたしも気持ちがいいです」

お前の気分なんか知ったことか、と毅はフリップをモニターに投げ付けた。

「次の問題は何だ？ いつまでもこんな悪い冗談に付き合ってられるか。早く終わらせたいんだ、おれは」

「偶然ですね、わたしもまったく同じことを考えておりました」ですがその前に、とピエロが両手を広げた。「今回、マッチングに成功されたお二人に、ささやかながらプレゼントをさせていただきます。まず、これはわたしの個人的なプレゼントとお考えいただきたいのですが、エアコンをオンにします。いかがですか？」

初めてまともなことを言ったな、と毅は額に滲《にじ》んでいる汗を拭った。

「そうしてくれ。ここは暑いとずっと思ってた。頭がぼんやりしてくる」

窓がありませんからね、とピエロがうなずいた。

「申し訳ありません。もっとも、外の気温は二十度ほどですから、必要ないだろうと思っていたのですが……それでは、エアコンをつけます」

上方から鈍い音がして、冷気が流れ込んできた。溜まっていた酢の臭いが拡散されていく。

「さて、こちらはわたしの個人的なプレゼントでしたが、アンサーゲームからも賞品がございます。というよりも、ヒントと言うべきでしょうか」

「ヒント?」

ピエロの声音に潜む暗い何かを毅は感じた。残る二問の出題前に、回答のヒントとなるものをお見せしましょうとピエロが言った。

「ただし、お二人が辛い思いをする可能性があります。お互いを心から信じているのであれば、ヒントなど必要ないのかもしれません。愛情と信頼があれば、必ずマッチングする。それがアンサーゲームです。ご覧になるかどうかは、お二人それぞれの意思に委《ゆだ》ねます」

「辛い思いって、どういう意味だ」

毅の問いに、真実は時として人を傷つけるものです、とピエロが静かな声で言った。

「ですが、それを乗り越えることによって、真の愛情が育《はぐく》まれ、絆が深まるのもまた人生です。いかがでしょう、ヒントをご覧になりますか？」

待て、と毅は片手を上げた。ピエロの声に作為的な何かがあった。罠ではないのか。

「繰り返しますが、選択は自由です。ご覧になるということであれば、そうおっしゃってください。拒否するのもひとつの見識です。真実を知るのは、誰にとっても辛いものですからね」

「何を見せるつもりなんだ？」

「わたしの口からは申せません。もうひとつ、三回目のディスカッションをお使いになるのであれば、今までは三十秒でしたが、三分間を与えます。最後のディスカッションですからね。それぐらいのサービスは当然でしょう」

「里美にも同じことを伝えてるのか？」

もちろんです、とピエロが大きくうなずいた。

「既にお話ししました。まだお返事はありませんが」

「ひとつだけ教えてくれ。おれに見せるものと、里美に見せるものは違うのか？」

あなたはタフなネゴシエーターです、とピエロが感心したように首を振った。

「一流企業の優秀な営業マンともなると、諦めるという選択肢はないのでしょうね。最後の最後まで粘るその姿勢には、感服するしかありません」

「おれと里美に別のものを見せるつもりなんだな？」

そういうことになります、とピエロが言った。

「お二人がご覧になるものは、それぞれ違います。ですが、お互いの合意があれば、あなたが見たものを里美様に、里美様が見たものをあなたに、後ほどお見せすることもできます。それは見終わった後でご検討ください。ご理解いただけましたか？　では、改めてお伺いします。樋口様、ヒントをご覧になりますか？」

「少し考えさせろ。構わないだろ？」

早く終わらせたいとおっしゃったのはあなたですが、とピエロが皮肉な笑みを浮かべた。

「よろしいでしょう。お考えください。お返事をお待ちしております」

モニターが切り替わり、画面が真っ白になった。

＊

何を見せるっていうの、と里美はつぶやいた。

真っ先に思い浮かんだのは、自分の裸の写真だ。大学生の頃、数カ月だけ付き合った港《みなと》という男に、裸体を撮られたことがあった。

どうしてそうなったのか、今もよくわからない。酔っていたわけでもないのに、何となく服を脱ぎ、その姿を撮影させた。刺激が欲しかったのだろうか。

港は大学の一年先輩で、悪い男ではなかった。別れる時、携帯電話に残っていた自分の写真をすべて消してほしいと言うと、目の前で削除してくれた。彼としても、ただ興味本意で撮っただけだったのだろう。

八年前のことで、写真を消したのは自分でも確認していたし、港がパソコンに画像を移していたとしても、悪用されたり、リベンジポルノとしてネット上で晒《さら》されたことはなかった。もしそんなことがあれば、自分でなくても友人の誰かが気づいただろう。

では、何なのか。ピエロたちはあたしの行動を長い間監視していた。その間、撮影や盗聴もしていたはずだ。

男とデートしたり、路上や電車でキスをしたり、そんな写真や動画があるのかもしれない。まるで写真週刊誌だが、それぐらいのことは簡単にできただろう。

でも、と思った。若気の至りではないけれど、その程度のことは誰だって覚えがあるはずだ。

実際に、毅と外でキスをしたことが何度かあった。食事をしている店、タクシーの車内、会社帰りのエレベーターの中。

過去に付き合っていた男たちとの、そんな写真を見たら、毅が不愉快になるのはわかりきった話だ。

自分だって、毅が他の女と腕を組んで歩いていたり、楽しそうにしている写真を見たら、苛つくに決まってる。

そうであったとしても、残る二つの問題に対するヒントになる何かを見ておいた方がいいのかもしれない。

どれだけ嫌な思いをすることになっても、ここから出るために必要なら見るべきだ。

でも、あたしにとって致命的な何かだとしたら、どうなのか。

たとえば東山だ。彼とのことを盗撮されていたとしたら、言い訳も何もない。毅がどれだけ傷つき、怒るか、想像もつかなかった。

もしそうなら、見せるわけにはいかない。あれを見られたら、ここを出たとしてもあたしは終わる。

どうして、と里美は顔を両手で覆った。どうしてあんな男と寝たんだろう。

そして、なぜ今も忘れられないのだろう。

＊

五分ほどが経った。モニターに現われたピエロが、いかがでしょうと口を開いた。

「九問目の前にヒントをご覧になりますか？　ちなみに、これは最後の十問目のヒントにもなっています。ですが、判断を迷わせるところがあるかもしれません。どちらを選ぶかは、あなたの自由です」

「そのヒントがなければ、マッチングしないということか？」

毅の問いに、それはわかりませんとピエロが答えた。

ヒントを見れば、判断を迷わせる可能性があると言ったな、と毅はモニターに指を突き付けた。

「それなら、見るメリットは何もない」

あなたは何もわかっておられない、とピエロがため息をついた。

「里美様のことをお考えください。わたしは奥様にも同じ説明をしています。ヒントをご覧になるかどうか、現時点ではわかっていません。見るとおっしゃるかもしれませんし、見ないとお答えになるかもしれません。ですが、仮にあなたが見ないと決め、里美様が見ると言った場合、どうなると思います？」

それは、と毅は鈍く痛む頭を押さえた。

「どちらか片方にだけ……情報が与えられることになる」

そうです、とピエロが大きくうなずいた。

「既に九問目は始まっているのです。ヒント、つまり情報をどちらかだけが持つことになれば、お二人にとって不利な展開になるのはおわかりですね？　簡単に言えば、お二人とも見るか、お二人とも見ないか、有利なポジションを得るには、そのどちらかしかないのです。そこを考えた上で、どうするかお決めください」

ピエロが口を閉じる寸前、ほとんど聞き取れないほど小さな声がした。

今、何と言ったと毅はモニターを睨んだが、何のことでしょう、とピエロが首を傾げた。

「さて、いかがなさいますか。わたしもあなたも、アンサーゲームを一分でも早く終わらせたいと思っています。どんなに面白いゲームでも、どこかで飽きるのが人間というものじゃありませんか。そろそろ考えはまとまったでしょう。ヒントを見ますか、それとも見ないことにしますか？」

くそ、と毅は髪を掻きむしった。ヒントは見ない方がいい、という直感があった。

それは頭で考えた結論ではなく、本能的な反応だ。嫌な予感しかしない。

だが、里美が見ると答えるのもわかっていた。情報量を増やしたいということもある。

見ないでいる方が不安なのもわかる。

見せてもらおうじゃないか、と毅は歯を食いしばった。

「お前たちの策に乗ってやる。毒を食らわば皿までだ。どちらかだけが見たのでは、判断が食い違い、マッチングする確率が減るのは確かだ。さっさと見せろ」

その決断は正しいでしょう、とピエロが言った。

「お二人の結論が出ましたので、お伝えすることができますが、つい先ほど、ご覧になると里美様がお答えになりました。そうであるなら、あなたも見ておいた方がいいのは言うまでもありません。ヒントをお見せした後、九問目を出題します」

待て、と毅は身を乗り出した。

「その前にひとつだけ教えろ。さっき、お前が口を閉じた瞬間、誰かが何かを言った。否定しても無駄だ。小さな声だったが、確かに聞こえたんだ」

記憶にございません、とピエロが天井に目を向けた。そんなはずない、と毅は怒鳴った。

「止《や》めろ、と言っていた。男の声だった。どういう意味だ。何を止めろと言ってたんだ？」

時間がありません、とピエロが毅を正面から見つめた。

「わたしにもわからないことはありますよ。説明しろと言われても、無理なものは無理です。では、モニターをご覧ください。こちらがヒントです」

毅の目の前で、モニターが切り替わった。一瞬、そこに何が映っているのかわからなかった。

hint（ヒント）

見覚えのある光景だった。永和商事の小会議室、と里美はつぶやいた。主に班単位の会議で使われるが、来客があればそこで応対することもある。映っているのは毅だった。

カメラは毅の顔を正面から捉えていた。背後の窓越しに、子会社のエイワＱＵＢＥが入っているビルが見えた。

毅は一人だった。椅子ではなく、テーブルに腰掛けている。右手のスマホを耳に当て、話している声が聞こえた。

『……結婚するんだ。そうだよ、里美だよ……別にすごくはないって。からかうのは止めろ、そんなことないんだから。何て言うのかな、子供なんだ。違う違う、体じゃない。頭の中身だよ……体だって、お前が言うほどじゃないんだ。胸なんか超小さくてさ、何枚パッド入れてるんだって話で……』

画像が静止した。状況を理解するのに、少し時間がかかった。

毅の話し方から、相手が社内の人間だとわかった。おそらく同期で、別の部署にいる誰かなのだろう。結婚するという話を聞き付けて、祝福半分、からかい半分の電話をしてきたようだ。

同期に限らず、誰だとしても、結婚相手のことを手放しで誉《ほ》める者はめったにいない。特に男性はそうだ。

一種の照れ隠しで、美人で羨ましいと言われれば、メイクを取ったら誰だかわからなくなるんだ、と答えるのは仕方ない。

「そうなんだよ、美人でスタイル抜群で、性格もよくて、家事は全部完璧にこなすし、気配りも最高でさ」

そんなふうに答える男がいるはずもない。それではただの馬鹿だ。

そして多かれ少なかれ、女性にもその傾向がある。うちの彼氏サイコーなの、と言う女ほど、あっさり別れてしまうものだ。

でも、これは酷《ひど》過ぎる。子供っぽくて、頭が悪いと言っていた。最低最悪の侮辱だ。

肉体的なことにも触れていた。バストが小さいと言うなんて、どうかしている。

どんなに親しい友人だとしても、最低限のモラルを踏みにじる発言だ。

画面が切り替わり、今度は毅の横顔が映し出された。永和のアイドルって、と笑いながら話す声が聞こえた。

『そりゃ言い過ぎだよ。顔はアイドルっぽいかもしれないけど、清純派ってわけじゃない。結構いろいろあったみたいだ。本人は三、四人とか言ってたけど、そんなわけないだろうって……Hさん？　聞いてるよ。わかってるって。だけど――』

画面が再び止まり、里美は目をつぶった。毅は東山とのことを知っていたのか。

入社した時、配属された秘書課の課長が東山だった。仕事のできる男で、社内事情にも通じていた。新入社員の里美に、会社、そして社会のルールを教えてくれた。

大人に見えた。二十歳近く離れていたが、優しい人だと思った。

既婚者なのは知っていたが、好意が伝わったのか、その年の暮れの忘年会の帰り、誘われて一夜を過ごした。いや、誘ったのは、自分の方だったかもしれない。

その後も関係を続けた。東山にとって、役員の姪と不倫をするのはリスクが高かっただろう。誰かに知られたら、彼のサラリーマン人生は終わる。

それは里美にとっても同じだった。入社一年目、二十二歳の女性新入社員が四十歳の課長と毎晩のように会っていたら、女性としてのキャリアに傷がつくのはわかりきった話だ。

リスクとスリルが、関係を続けていくエンジンとガソリンだった。そして、東山には今まで付き合った男性とは違う淫靡《いんび》さがあった。

若い男たちに共通するエネルギッシュな感じや、スポーツに似た爽快感こそなかったが、それとは別の暗い悦び。

どちらからということではなく、半年ほどで関係は終わった。最初から、長く続けられるものではないとお互いわかっていた。

だがその後も、どこかで東山のことを忘れられずにいる自分がいた。

いつも考えているということではない。ふとした時に心に浮かんでくる。毅と交際するようになっても、それは変わらなかった。

結婚を決め、ようやく東山の呪縛が解けたように思っていたが、毅は知っていた。

吐き気がした。もう駄目だ。何もかも終わりだ。

よろしいでしょうか、とピエロの声がした。

「樋口様の方から、お互いの情報を共有しようという提案がありました。どうされますか？」

毅に何を見せたの、と里美は叫んだ。

「あたしが何を言ったか、何をしたか、彼は見たの？」

すべてではありません、とピエロが答えた。

「こちらとしましても、何もかもというわけには参りませんし、すべてを知っているのかと言われれば、決してそんなことはありません。ほんの少し、あなたに関する情報をお伝えしただけで――」

見せて、と里美は強く言った。

「ここまで来たら同じよ。二人ともすべてを見た方がいい。このゲームをクリアするには、そうするしかないんでしょ？」

「それではおっしゃる通りに致します、とピエロが指を鳴らした。モニターが切り替わった。

＊

今のは何だったんだ、と毅はつぶやいた。モニターに映っていたのは、里美と友人たちのグループLINEだった。

既にモニター上の画像は消えていたが、内容は覚えていた。サミー、ターヒラ、op p、ユウ。同じ営業部女子社員で作ったグループのようだった。

サミーとは里美のことだ。他の三人についても、誰のことなのか見当はついた。

『おめでと！』／『祝・結婚』／『やったね！』／『コングラッチュレーション☆』

祝福の言葉がいくつも並び、それに対してありがとうと里美が答えていた。

その前後のやり取りが途切れていたので、はっきりわからないが、里美が結婚の報告をしたのだろう。

三人とも祝福のメッセージを送っていたが、いわゆるガールズトークであることを差し引いても、そこから先は酷い内容だった。

作戦通りうまくいったね、と言ったのはターヒラだ。狙ったら外さないよね、と別の誰かが言い、当然でしょ、と里美がサムアップのスタンプを返していた。

プロポーズさせるの、苦労したんだよと愚痴を言った里美に、樋口さんは自信家だからねとか、モテると思って上からなんだよとか、結局勝ったんだからいいじゃん、と無責任なことを言う者もいた。

その後も、冷やかしと毅を笑い者にするようなＬＩＮＥが続いた。他の三人とは年齢も近く、気の置けない友人ということもあるのだろう。

四人の中で最初に結婚を決めた里美に、無意識の嫉妬があるのは理解できたし、そうでなくてもからかいたくなる気持ちはわからなくもない。

流れの中で、毅の悪口を言ったり、ディスる方向になるのもやむを得ない。誉めてばかりというわけにはいかないだろうし、ＬＩＮＥといえども受けを狙わなければならないのは、今では常識だ。

それにしても、と額に指を強く押し当てた。若く見せてるけど、結局三十オーバーのオジサンだとか、無理に若作りしているとか、白髪染めをしているとか、それは悪口以外の何物でもないだろう。

そんな中、最も露骨なことを言っていたのは里美本人だった。経験人数は多いかもしれないけど、テクはたいしたことないとか、すぐ終わってしまうとか、不満ばかりを並べ立てていた。

ガールズトークが下ネタに走るのは仕方ないにしても、これから結婚する相手のことをそこまで話す必要はない。冗談にしても毒が強すぎる。

彼って浮気しそうじゃんという問いに対して、それより先にあたしがするかも、と里美が答え、スマイルのスタンプが延々と続いた。その先のＬＩＮＥは途切れていたが、もっと酷い内容だったのではないか。

すべてが本気だとは思っていない。誇張したり、話を盛っているところもあったはずだ。

だが、その裏に本音が隠れているのも読み取れた。里美はおれのことを何だと思っているのか。

気になさる必要はありません、とピエロの声が降ってきた。

「こう言っては何ですが、里美様は人生の勝利者になられたわけです。人間なら誰でも調子に乗ることはありますよ。最近の若い方は、場の空気を大事にされます。友人の冷やかしに、サービス精神で明け透けなトークをするのは、やむを得ないのではないでしょうか……さて、それはともかくとして、今のＬＩＮＥ画像は九問目の大きなヒントになっています。その上でお伺いしますが、里美様がご覧になった映像を、あなたも見ますか？　同時に、里美様も今のＬＩＮＥ画像を見ることを望まれるかも知れませんが

——見るさ、と半ば自棄《やけ》になって毅は怒鳴った。

「おれが他の男と飲みながら、里美の話をしているところを盗み撮りでもしたか？　そんな映像なんだろ？」

何も答えず、ピエロが唇の端を吊り上げて笑った。里美の話をしたことぐらいあるさ、と毅は言った。

「彼女は元ミスキャンパスだ。いろいろ言ってくる奴もいた。だが、酒の席でも、おれはあそこまで話してはいない。女性に対して、言っていいことと悪いことがあるのはわかってるつもりだ」

そんな発言をされるとは驚きです、とピエロが大きく口を開いた。

「ご自分に良識と節度があるということでしょうか。もちろん、おっしゃる通りだとは思いますが、そんなあなたにも誰にも言えない過去があるはずで……いや、失礼しました。少しお喋りが過ぎたようです。お二人の情報をお互いが共有するという同意が取れましたので、モニターをご覧ください」

画面が切り替わった。そこに映っていたのは、小会議室で電話をしている毅自身だった。

待って、と思わず里美は口を手で押さえた。このLINEは何？　いったいどこから漏れたの？

＊

社内、そしてプライベートでいくつかのグループLINEに参加していた。モニターに流れているのは、営業部第一課から第三課までの同世代の女子社員によるグループLINEだった。

サミーはあたしで、ターヒラは平田悦子《ひらたえつこ》、oppはEカップが自慢の野田葵《のだあおい》、そしてユウは原山結花《はらやまゆか》。

社内では、他に秘書課員たち、そして同期入社の中でも親しい数人で作ったグループLINEがあったが、最近はほとんど参加していなかった。

部署が違うと、職場への不満や人間関係の愚痴は伝わりにくい。それもあって、同じ営業部の同僚たちとのグループLINEで話すことが多くなっていた。

他愛のないお喋り、ちょっとした愚痴、ショップやレストラン情報、そして男性関係。そんな話がほとんどだったけど、たまに箍《たが》が外れることもあった。

グループの中で一番最初に結婚を決め、しかもその相手が会社期待のホープ、樋口毅なのだから、冷やかされたり、冗談半分でやっかまれるのは覚悟していた。

毅との結婚は、イコール彼女たちへのマウンティングで上位に立つことを意味する。他の三人もそれがわかっていたから、今しか言えないと思ったのだろう。

自分のポジションの方が上だと誇示するつもりはなかった。その辺りはぼやかして、何となく付き合っていた方が楽だし、ボスになりたいわけでもない。

だから、あえて下からの目線で報告のＬＩＮＥを送った。笑い話にしなければ、後々の関係に響くことになるだろう。

ただ、そのために毅を傷つけてしまった。それは里美の意図と違った。そんなつもりはない。

実際には、この後のＬＩＮＥで毅のフォローをしている。浮気をしてやると書いたのも冗談だし、彼と結婚できて幸せだと思っているとも書いた。

最初に自分を下げていた分、毅への思いが伝わったはずだし、改めて三人ともおめでとう、よかったねと言ってくれた。

これは何なの、と里美は顔を上げて叫んだ。

「そっちの都合のいいところだけ切り取って、編集している。陰で言われたら、不愉快になるのは当然だし、毅がこれを見たら怒るに決まってる。それをわかっていて見せたの？」

編集といいますか、とピエロが人差し指で頭を掻いた。

「こちらとしましては、入手できたLINEの文面がこの部分だけでしたので……樋口様に対し、あなたの印象を悪くしようとか、そういうつもりではありません。あくまでも情報のひとつとして――」

彼と話す、と里美はディスカッションの白いボタンを押した。

「今すぐ説明して、誤解を解く。あたしにそんなつもりはなかった。これは女子同士の軽いジョークで……」

ディスカッションの要請があったことをお伝えします、とピエロが言った。

「ただ、ひとつだけ忠告致しますが、まだ九問目は出題されておりません。そして、お二人に残されたディスカッションのチャンスは一回きりです。今、感情のままに樋口様とお話しされるより、九問目を出題した後の方がよろしいのではないでしょうか」

その前に話さなきゃならない、と里美はもう一度ボタンを押した。

「このままじゃ、あたしたちの心はバラバラになってしまう。信頼関係がなかったら、マッチングしないと言ったのはあなたよ」

よろしいでしょう、とピエロがうなずいた。

「ただし、双方の合意がなければ、ディスカッションは成立しません。今あなたがおっしゃったことも、そのままお伝えしますが、樋口様が拒否されるかもしれません。その時はまた改めて……」

毅に伝えて、と里美は両手を合わせた。

「あなたを誰よりも愛してる、信じてるって。誤解があったとしても、話し合えば必ずわかり合えるはずだと……」

了解致しました、とピエロが恭しく頭を下げた。その時、おい、という別の男の声を里美ははっきり聞いた。

＊

里美様からディスカッションの要請がありました、とピエロが感情のない声で言った。

「現時点で、お二人ともお互いの情報を共有しております。これが九問目、そして十問目の重要なヒントになることは、先にお話しした通りです。その上で、里美様はあなたとのディスカッションを望んでおられます」

何の話をするって言うんだ、と毅は首筋を伝う汗を拭った。

エアコンが効いているはずなのに、なぜ汗が流れるのか。冷や汗なのか、脂汗なのか、それさえわからなくなっていた。

「いかがなされますか、ディスカッションに応じますか?」

話すしかないだろう、と毅は力のない声で言った。

「このままでは、二人ともお互いを疑った状態で残りの二問に答えなければならなくなる。それでマッチングできるはずがない。アンサーゲームをクリアするためには、今話し合って、お互いの誤解を解くべきだ」

戦術と戦略という言葉がございます、とピエロが言った。

「今、あなたがおっしゃったのは、戦術的視点に拠《よ》ったものです。ですが、もう少し視野を広げるべきではないでしょうか。まだ、九問目は出題されていません。問題の内容によっては、誤解も行き違いも関係なく、マッチングできるかもしれませんよ」

「どうしろって言うんだ！」

せめて九問目の出題を待ってから、ディスカッションに臨むべきではないでしょうか、とピエロが身を乗り出した。

「それからでも遅くはありません。冷静に考えればわかることです。お二人とも、混乱されております。とにかく誤解を解かなければならない、それしか考えられないという心理は理解できますが」

ピエロの前に、折り畳まれた紙が飛んできた。それを開いたピエロが小さくうなずき、余計なことを申しましたと頭を垂れた。

「アンサーゲームにおいては、回答者の意志が何よりも優先されます。お二人がディスカッションを望まれるのであれば、わたしに止める権限はありません。里美様は既にボタンを押しています。後はあなたの決断次第ということになります」

お考えください、とピエロが口を閉じた。どうすればいい、と毅は頭を抱えた。

ディスカッションは後一回しか残っていない。そして問題はあと二つ。

ディスカッションの行使はいつでも構わない。最後の問題が出題された後でも使える。その方が有利なのは、考えるまでもない。

だが、既にミスマッチを二回している。三回目は即ゲームオーバーだ。その時、奴らが何をするつもりか、見当もつかなかった。

毅の中にあるのは、嫌な予感だけだった。ほとんど確信と言ってもいい。

今、二人の中には、お互いに対する不信感と、同じ量の言い訳がある。それを伝え合って、信頼関係を取り戻すべきだと里美が考えているのはよくわかる。自分だって、そうしたい。

だが、今の時点で話し合うべきなのか。

もうミスマッチは許されない。九問目が自分たちの信頼に関わる問題だったら、どうなるのか。

出題後にディスカッションをしても、すべてが言い訳、もしくは嘘にしか聞こえないだろう。それでマッチングできるのか。そうであるなら、今ディスカッションをするべきではないのか。

ミスマッチできないというプレッシャーの凄まじさに、呼吸することもままならないほど追い詰められていた。

里美がディスカッションを要請したのは、プレッシャーに負けたからだ。会話を通じ、少しでも気を楽にしたい。それは自分も同じだ。

メリットはある。話し合い、誤解を解けば、九問目でマッチングするのは難しくない。ピエロはヒントと言っていたが、お互いの情報を知った上で、あれは恣意《しい》的に作られたものだと説明すれば、誤解はなくなる。

だが、十問目が出題された時、ディスカッションという切り札はない。ゲームを有利に進めるための鉄則は、最後まで切り札を取っておくことだ。

白いボタンに伸ばしかけた手を、理性の力だけで止めた。ピエロの助言は正しい。九問目が出題された後にディスカッションするべきだ。

そうすれば、最後の問題に対応できる可能性が高くなる。

腕を引き、九問目を出せと毅はモニターに向かって叫んだ。

「その問題を見てから、ディスカッションするかどうか決める。里美に伝えろ。さっきの映像でおれが話していたのは、同期の社員だ。あれは下らない冗談で、付き合っている女のことを自慢するのは馬鹿な男しかいないと――」

わたしは司会者です、とピエロが小さく首を振った。

「わたしの務めはゲームの円滑な進行で、それ以外ではありません。必要最小限のメッセージはお伝えしますが、今あなたがおっしゃったことは、すべてご自分で里美様に話していただかなければなりません。ディスカッションはそのためにあるのです」

「せめて、おれを信じろと言ってくれ。それぐらい構わないだろ？」

わたしの仕事ではありません、とピエロが言った。

「ですが、そこまでおっしゃるのなら、九問目の出題後にディスカッションについて検討するとあなたが決めた、と里美様にお伝えしましょう。頭のいい方ですから、その意味はわかるはずです。あなたの提案を認めると思います」

アンサーゲームの司会者はお前だ、と毅はモニターに指を突き付けた。

「だが、お前に指示を与えている奴らがいる。どこだ？」

口を開きかけたピエロに、お前が司会者ならそいつはディレクターだ、と毅はテーブルを強く叩いた。

「さっき、紙片を投げてきた奴がそうなのか？　お前はこう言っていたな。ヒントとなる情報を二人とも見るか、二人とも見ないか、有利なポジションを得るにはそのどちらかしかないと。その時、駄目だとお前に言った奴がいる。喋り過ぎだ、という意味だろう。いったいどういうことだ？」

お答えできません、とピエロが肩をすくめた。お前はおれたちの味方をしようと考えている、と毅は椅子から立ってモニターに近づいた。

「アンサーゲームが始まってから、ぺらぺら喋りながら、何度かおれたちが有利になるような情報を伝えてくれた。理由はわからないが、味方なんだな？　頼む、助けてくれ。どうすればいい？　ここから逃げ出す方法はないのか？」

わたしは司会者に過ぎません、とピエロが繰り返した。

「誰の味方でもありません。アンサーゲームを公正に、フェアに仕切っていくのがわたしの仕事です。わたしがあなた方に有利な情報を伝えたと受け取るのは自由ですが、そのような意図はありませんでした。司会者がそんなことをすれば、ゲームは成立しなくなります」

毅はモニターを覆っているガラスに手をついた。これ以上、何を言っても無駄だ。ピエロは答えない。

お戻りください、とピエロが言った。

「たった今、里美様からお答えがありました。あなたのおっしゃる通り、九問目が出題された時点でディスカッションをするかどうか考えるということです。冷静かつ正しい選択をされたと思います」

床に置いていたミネラルウォーターのペットボトルの水を、毅はひと口飲んだ。

「それならそれでいい。九問目を出題しろ。その内容によっては、ディスカッションの行使を保留するかもしれない。いずれにしても、問題を見てからだ」

賢明なご判断です、とピエロがうなずいた。

「勝利を得るためには、忍耐が必要です。さて、それでは九問目の問題をお伝えしましょう。モニターをご覧ください」

ピエロの姿が消えた。モニターを見つめていた毅の目に、一行の文字が映った。


『あなたは結婚を決めてから、浮気をしたことがありますか?』


馬鹿じゃないのか、と毅は吐き捨てた。これほど無意味な質問はない。

結婚を決めてから浮気をしたことがありますかというのは、プロポーズをした後と考えていい。厳密に言えば、正式に婚約を交わしてからということになるかもしれないが、いずれにしても同じだ。

アンサーゲームの四問目は『わたしは浮気をしたことがある』だった。イエスかノーで答える二択の問題だ。

ただし、二択と言っても、そこには解釈の余地があった。里美と交際している間という意味だとピエロは説明していたが、過去に浮気をしたことがあるか、と考えることもできた。そのために迷いが生じたのは確かだ。

だが、この九問目は『結婚を決めてから』という条件がついている。事実がどうであれ、そんなものは関係ない。回答はノーだ。

もし自分が、あるいは里美が、結婚すると決めた後に浮気をしていたとしても、認めるわけがない。この問題に関しては、解釈の余地がない。

フリップに『ノー』あるいは『いいえ』と書けばそれで終わりだ。そんなこともピエロたちにはわからないのか。

婚約した後に、里美が昔の男と会っていたことは知っていたが、責めるつもりはなかった。自分も別の女と関係を持っていたし、結婚式が迫ってくると、新郎も新婦も魔が差すことがある。あれはそういうことだった。

奈々の関係に気づいていたかもしれないが、割り切った関係だった。だから許されるというわけではないが、結婚する前の話だ。黙っていれば、何もなかったのと同じになる。

だが、もう一人いる。あの女のことだけは、絶対に口外できない。

一度だけの関係だし、二人とも酔っていた。事を済ませた後、ラブホテルを出て別れた。だが、それでは済まない問題があった。

里美はあの女の存在を知っているのか。そんな素振りは見せなかったが、もしかしたらわざと、気づいていないふりをしているのかもしれない。

相手が相手だ。道義的にも法律的にも、許されないことをした。ひと言でも口にすれば、破滅する。だから、決して言わない。イエスとはフリップに書けない。畜生。畜生畜生畜生畜生畜生畜生。

何であんなことをしたんだ、と毅は両手で混乱する頭を抱えた。

*

ノーと書くしかない、と里美はモニターを見つめた。

『あなたは結婚を決めてから、浮気をしたことがありますか？』

そんな質問に、イエスと答える者などいるはずがない。アンサーゲームの正解は、事実と関係ないからだ。

二人の回答がマッチングするか否かがすべてで、どちらかが浮気をしていたとしても、それについて考える必要はない。

考えていたのは別のことだ。できるだけ早く、毅と話さなければならない。

ヒントと称してピエロが見せたさっきの映像が、頭から離れなかった。

自分のグループLINEは編集され、やり取りの前後が切り取られていた。毅があのLINEを見れば、誤解するのは当然だ。

ピエロたちの狙いはひとつしかない。自分と毅の間に不信感を植え付けることだ。このままでは、ピエロたちの思い通りになってしまう。それを防ぐためには、二人で話して誤解を解くしかない。

ディスカッション要請を毅は拒否した。九問目が出題された後にするべきだ、と考えたのだろう。

冷静に考えると、それは正しい。まだ問題は二問残っている。そして、ディスカッションのチャンスは一度しかない。

最後の問題が何であれ、その直前に二人の意思を統一するべきだ、というのはその通りだ。

モニターに目をやると、残り時間は十二分を切っていた。里美はフリップを取り上げて、浮気なんかするはずない、と書いた。

＊

里美と婚約し、結納を終えたひと月後、大学のサークルの友人たちとの飲み会があった。

結婚が決まったと伝えていたから、その祝いでもあったし、バチェラーパーティーという意味もあった。

男だけで羽を伸ばし、羽目を外す。そんな夜があってもいいだろう。

金曜日の夜で、全員が酔っていた。男だけだったから、遠慮も何もない。

二軒飲み屋をハシゴし、カラオケで二時間ほど歌っているうちに、誰かがクラブへ行こうと言い出した。

大学の頃は週に一、二度通っていたが、社会人になってからはその機会もなくなっていた。あの時、おれたちはセンチメンタルでノスタルジックな感情を共有していた。

サークルの部長だったおれが結婚してしまえば、ますます青春が遠ざかっていく。そんな感傷があった。

だから、全員で昔よく通っていた六本木のクラブへ行き、音楽に体を預けて踊った。

誰かが三人組の女子大生をナンパして、一緒に飲むことになった。

そこまでは記憶もあるが、その後のことはよく覚えていない。気がつくと、少し茶色いメッシュが入ったロングヘアの女の子と二人きりになっていた。

そこからは成り行きに身を任せるしかなかった。色っぽい雰囲気で、ルックスも好みだった。クラブを出て、二人で芋洗坂《いもあらいざか》にあるラブホテルに入り、関係を持った。

おれの中に里美に対する罪悪感はあったが、こんなことはもう二度とできないという気持ちもあった。

永和商事に勤務しているエリートサラリーマンが、クラブでナンパした女子大生と寝るなど、結婚してしまえばできるはずがない。

正当化するわけではないが、男なら誰でも似たような感情を持つことがあるだろう。今日で最後だという思いがあった。

深夜一時を回った頃、女が家に帰ると言った。泊まっていけばいいじゃないかと言ったおれに、ムリだってと笑いながら、女がバスルームに入っていった。

何となくその笑い方が気になり、バッグを探ると学生証が出てきた。渋谷聖恵女子学院、二年A組、川合秋江《かわいあきえ》とそこに記されていた。

高校生だとわかった瞬間、胃を鷲掴みにされたような感覚があった。高校二年生の彼女の誕生日は十二月で、その時点で十六歳だった。おれがしたことは、明らかな淫行に当たる。

二十歳の女子大生と本人は言っていたし、どこから見てもそうとしか思えなかったと弁解しても、通るはずがない。社会的制裁を受けることは確実だ。想像するだけで、全身の血が凍りつくようだった。

最悪なのは、樋口毅という名前と、永和商事の社員だと秋江に話していたことだ。もし彼女が親におれのことを話せば、すべてが終わる。

その可能性がほとんどないのはわかっていた。女子高生がクラブに通っていたこと自体、親や学校が知れば大問題になる。

更に言えば、秋江は過去に何人、何十人の男と寝ていたはずだ。お嬢様学校の聖恵女子学院の生徒とは思えないほど、彼女はすべてに慣れていた。お互い黙っているしかないだろう。

その後、秋江と会うことはなかったが、心のどこかに小さな棘《とげ》が刺さったままになっていた。

他の女のことはともかく、秋江の件だけは誰にも知られてはならない。絶対にだ。

そこまで考えて、あることに気づいた。ピエロ、そしてそのバックにいる連中は、おれの行動を監視していた。

盗聴、盗撮はもちろん、尾行もしていただろう。いつ、どこで、何をしていたか、奴らはすべて知っている。

秋江とのことを里美に伝えていたとしたら、どうなるのか。

「残り時間、三分です」

ピエロの甲高い声がした。モニターの数字が刻々と変わっていた。

＊

タイムアップ、とモニターのピエロが陽気な声で宣言した。

「いかがでしょう、回答は書き終えていますね？　フリップは伏せたまま、モニターにご注目ください」

待って、と里美は片手を上げた。

「もし、このクエスチョンがミスマッチだったらどうなるの？」

ゲームオーバーとなります、とピエロが答えた。そうじゃなくて、と里美は首を振った。

「ゲームオーバーになったらどうなるのか、それを聞いてるの！」

すべて終了です、とピエロが恭しく一礼した。

「あなたたちお二人に与えられるのは罰ゲームで、それだけです。シンプルな罰ゲームですので、あえて説明する必要はないでしょう。ただひとつ、申し上げることがあるとすれば、そういうネガティブな考え方はよろしくないと思います」

「ネガティブ?」

ゲームに勝つことだけを考えていればよろしいのです、とピエロが微笑んだ。

「負けたらどうしようと考えれば、悪い結果を招くことになるのが世の常ですよ」

それではお互いにフリップをオープンしてください、とピエロが両手を開いた。里美はゆっくりフリップをモニターに向けた。

安っぽいファンファーレと共に、ナイスマッチングというピエロの声が響いた。

「素晴らしい、お二人とも結婚を決めてから浮気はしていない、そういうことですね。もちろん、当然のことではあります。お互いに結婚の意思を固めた以上、式を挙げていなくても夫婦と同じですから、他の異性と関係を持つことはモラル的にも許されません。とはいえ、こういうご時世です。嘆かわしいことですが現実には――」

お願いだから黙って、と里美はフリップを床に放った。

「これで九問目が終わったということね? 問題はあと一つ、それをクリアすればここを出ることができる。それでいいのね?」

おっしゃる通りです、とピエロが大きくうなずいた。

「もちろん豪華賞品、そして二人合わせて二千万円の賞金もあなた方のものとなります。ぜひ最終問題をクリアしていただきたいと、心から願っております」

その前にディスカッションを、と里美は白いボタンを押した。賢明な判断です、とピエロがまたうなずいた。

「十問目の出題後でも、ディスカッションの権利は行使できますが、具体的な回答を相談したと判断された場合、こちらは問題を変更します」ゲームにおける当然のルールでしょう、とピエロが先を続けた。「ですから、今の時点でディスカッションするのがベストなのです。言ってみれば、最終作戦会議ということになりますでしょうか。それは樋口様も理解されているようです。たった今、ディスカッションの申請がありました」

小さく息をついた里美に、既に説明済みですが、とピエロが空咳をした。

「最後のディスカッションタイムは三分間です。今までは三十秒でしたが、その六倍の時間を与えます。これほどスペシャルなサービスはないでしょう」

三分、と里美はモニターに目を向けた。三分あれば、お互いが持っている情報を伝え合い、意思の統一を図ることができるはずだ。

冷静に、と奥歯を強く噛み締めた。感情的になってはならない。一秒たりとも無駄にはできない。

三分間、百八十秒ですべてを話し合い、最終問題をクリアする。それしかない。

ディスカッションタイムを始めてもよろしいでしょうか、とピエロが声をかけた。

「それとも、考えをまとめるための時間をお取りになりますか？　長くは待てませんが、数分ということでしたら、許容範囲内ですが」

樋口様はスタンバイに入っておられますと言ったピエロの声と同時に、モニターが二分割され、右側に毅の顔が映し出された。表情は固かったが、目に迷いはなかった。

二分、と里美は言った。

「二分後、ディスカッションを始めると彼に伝えて」

了解致しました、とピエロが答えた。モニターに2：00という数字が浮かんだ。

last discussion（最後の相談）

ブザーが鳴り、モニターにピエロの顔が大映しになった。

「三十秒後、ディスカッションタイムがスタートします。今回はモニターをオープンにしますので、お互いの顔を見ながら会話することが可能です。時間は三分間。よろしいですね？　では、スタート！」

モニターが切り替わり、里美の上半身が映った。画面の右上に小さく数字が出ている。

02：59。

「里美、大丈夫か」

あたしは平気、と里美が気丈な声で答えた。三分しかない、と毅は早口で言った。

「とにかく、最終問題でマッチングすることに集中しよう」

「どうすればマッチングできる？　何か考えはあるの？」

「当然だ。アンサーゲームはクイズじゃない。正解もない。二人の回答がマッチングするかしないか、それだけだ。だから、奴らも答えられない問題は出せない」

「うん」

「奴らはおれたちの愛情が本物かどうかを試そうとしている」このゲームの真の目的は

それだ、と毅は断言した。「そのためにさまざまなトラップを仕掛けてきた。おれやお前の過去を調べ、映像や写真を見せ、心理的な揺さぶりをかけた。動揺して冷静な判断力を失えば、どんなに簡単な問題でも、二人の答えが一致しなくなる。京都のプロポーズの件が、まさにそうだった」

「わかってる」

奴らが最後に出してくるのはシンプルな問題だ、と毅は画面の右上に目をやった。残り時間二分二十秒。

「おれの予想では、イエスかノーか、それだけを答えればいい類《たぐい》の問題になる」

出題者側の心理を読み切った上で、出した結論がそれだった。目的が二人の愛情の確認であるなら、複雑な問題は出さない。出せない、と言った方が正しいだろう。ミスマッチングだった場合、言い訳の余地を与えないためには、そうするしかないのだ。

「現実がどうだったとか、そんなことは考えるな。どんな問題が出たとしても、イエスと答えろ。おれもそうする。それだけで、マッチングが成立する」

考えを重ねて導き出したアンサーゲーム必勝法がそれだった。二人の回答が同じになることが正解であるこのゲームにおいては、最初から答えを決めておけば必ずマッチングする。

出題後に回答を打ち合わせた場合、別の問題に変更するとピエロは言っていた。だが、まだ十問目は出題されていない。事前に回答を決めておくことは、禁止されていなかった。

フェアなやり方ではないが、きれいも汚いもない。アンサーゲームで勝利を得るためには、これしかないのだ。

同じことを考えてた、と里美がうなずいた。

「でも、あなたの想定とは違うかもしれない。例えば、プロポーズの言葉は何でしたかみたいな、選択肢がいくつもある問題を出されたらどうするの？」

確かにそうだ、と毅はうなずいた。アンサーゲームを仕掛けている奴らが最後に出題するのは、イエスｏｒノーで答えることのできる問題だと確信していたが、百パーセント確実とは言い切れない。

だが、それでも構わなかった。どんな問題が出たとしても、フリップにイエスと書けば、それでマッチングする。

『プロポーズの言葉は何でしたか？』

『イエス』

文脈は明らかにおかしいが、マッチングはマッチングだ。それがアンサーゲームのルールで、決めたのは奴らだ。

余計なことは考えるな、と毅は強い調子で言った。

「それこそが奴らの狙いだ。おれたちが自滅していくのを楽しむつもりなんだろうが、そうはさせない。おれを信じろ。奴らは絶対にイエスかノーの二者択一の問題を出してくる。そうでなくても、とにかくイエスと書くんだ。わかったな」

「あの人たちは、あたしたちのことを詳しく調べてる」

里美が視線を上にずらした。残り時間、一分五十五秒。

「あたしがあなたのことを知ってるより、もっと深く知ってるんだと思う。あなただって、あたしのことを何もかも知ってるわけじゃない。今になってそんなことを言っても意味ないけど、あなたに話していないことがあるの」

おれだってそうさ、と毅は歯を食いしばった。

「どうだっていい。過去に何があったとしても関係ない」

「わかった」

最終問題の前に、ヒントと称して奴らが何かを見せるかもしれない、と毅は早口で言った。

「惑わされるな。お互い、不誠実なことをしていたかもしれないが、今はそれを責めたり弁解している場合じゃない。重要なのは、答えを合わせてここを出ることだ」

「うん」

「不安を煽《あお》るような映像や写真を見せられても、冷静に対処するんだ。とにかくイエスと書け。それだけでマッチングする」

押し付けるように強く言ったのは、ピエロたちが秋江のことを里美に伝えるとわかっていたからだ。

婚約中に他の女と寝ていたことを知られるより、致命的なダメージとなるだろう。相手は未成年、十六歳の高校生なのだ。

ピエロたちが秋江との間に何があったのか話すのを、止めることはできない。この段階で里美の心が揺らげば、マッチングの可能性は低くなる。それを防ぐためには、何としても命令に従わせなければならなかった。

さっきのＬＩＮＥだけど、と里美が言った。

「あれは編集されていた。特定の部分だけを切り取って、あなたが誤解するように仕向けたの。あんなＬＩＮＥのやり取りがあったのは本当だけど、ガールズトークではよくある冗談で――」

そんなことどうでもいい、と毅は首を振った。言い訳をする暇があるなら、もっと頭を使え。

「何度も同じことを言わせるな。奴らの罠から逃れるためには、何も考えずイエスと答えればいい。それだけのことなんだ」

ラスト三十秒、とモニターから合成音が響いた。心配するな、と毅はモニターを睨んだ。

「もう一度言う。イエス、ノーだけを問う問題しか奴らは出さない。もしそうでなかったとしても、イエスと回答を書け。いいな」

愛してる、と里美が涙を浮かべて叫んだ。

「あなたのことを愛してる。本当に愛してるの」

残り時間は十秒を切っていた。涙を拭った里美が、愛してるともう一度叫んだ瞬間、モニターが真っ暗になった。

「ディスカッションタイム、終了です」ピエロの声が流れ出した。「いや、感動的なスピーチでした。アンサーゲームをクリアするには、真実の愛こそが最大の武器なのです」

毅は大きく息を吐いた。すべてあなたの読み通りです、とピエロが言った。

「最終問題は非常に簡単です。つまり、イエスｏｒノーで答えていただく形式での出題となります。おめでとうございます、と申し上げてよろしいでしょうか。お二人がアンサーゲームをクリアするのは間違いありません」

それも引っかけか、と毅は横を向いた。とんでもありません、とピエロが小さく笑った。

「本心から申しております。さて、それでは最終問題について、ひとつだけ提案をさせていただきます。今申しましたように、問題はイエスかノーかを答えていただくことになります。お二人にとっては簡単過ぎるほどで、それほど時間が必要になるとも思えません。そこで、シンキングタイムを今までの三十分から三分に変更するというのは、いかがでしょうか。正直なところ、わたしもそろそろ飽きてきておりますのでね」

構わない、と毅は答えた。むしろ、その方が有利になる、という読みがあった。

三十分という時間を与えられれば、里美が考え過ぎてしまう可能性がある。あれだけ強くイエスと書くように指示したのだから、それに従うはずだが、ピエロたちの心理的な誘導によって、迷いが生じるかもしれない。

考え過ぎてもデメリットしかない。シンキングタイムが短くなるのは、一見不利に見えるが、この場合はメリットの方が大きい。

他に何かあるのか、と毅はモニターに向かって叫んだ。

「お前たちはおれと里美のことを細大漏らさず調べたんだろう。いつからかはわからないが、相当長い時間をかけていたようだな」

「どうでしょう……おそらく、あなたが思っているほどではないと思います。正直なところ、むしろ短時間かと——」

嘘をつくな、とピエロを睨みつけた。十年以上前から里美のことを監視していたことはわかっていた。何かの意図があったのだろうが、今となってはどうでもいい。ゲームの終わりは見えていた。

五十年一緒に暮らしている夫婦だって、お互いのことを完全にわかりあっているわけじゃない、と毅は唾を吐いた。

「愛情は関係ない。人生のすべての時間を共有してるわけじゃないんだから、知らないことはあるさ。常識があれば、話す必要のあること、言わなくていいことの区別ぐらいつく。深く愛し合っている二人に秘密があってはならないとお前たちは考えているようだが、どうかしてるんじゃないのか？」

「そうでしょうか」

「愛しているからこそ、話さないこともある」当たり前だろう、と毅はテーブルを叩いた。「それを欺瞞《ぎまん》というのは、何もわかっていない奴だけだ」

まったくです、とピエロが同意した。どうするつもりだ、と毅はパイプ椅子の背に肘を載せた。

「また揺さぶりでもかける気か？　おれが他の女と寝ている動画でも、里美に見せるのか。やりようはいくらでもあるだろう。お前たちはおれのことを、おれ以上に知ってるかもしれない。何でもすればいいさ。だが、何をしたって関係ない。おれたちは必ずマッチングして、ここから出て行く」

過去、三度アンサーゲームを行って参りました、とゆっくりピエロが口を動かした。

「あなたが最も優秀な回答者だと、わたしは確信しております。そんなあなたと奥様の心を動揺させようとしても、通じるとは思えません。小細工をする必要もないでしょう。後は最終問題を出題し、答えていただくだけです」

いったい何のためだ、と毅はモニターのピエロを正面から見据えた。

「こんなことをする理由を教えてくれ。おれたちをホテルから拉致し、このコンテナに監禁した。子供騙しの下らない罰ゲームも含め、さまざまな機材をセッティングしている。便器の後ろにあった一千万円も本物だった」

「おっしゃる通りです」

「人手と時間をかけて、長い間おれと里美のことを監視し、更には過去の情報まで調べあげた。莫大な費用がかかったはずだ。個人でできることじゃない。目的は何だ？　どうしておれたちを選んだ？」

このアンサーゲームには多くの人間が関わっております、とピエロが言った。

「それは認めますが、他の質問には一切お答えできません」

一体誰なんだ、と毅はピエロの姿を凝視した。男だと直感的に思っていたが、よく考えると何の確証もない。

モニターには常にピエロの上半身しか映っていないので、身長の見当もつかない。サイズの大きな服を着ているため、体格さえわからなかった。

大きなシルクハット、丸メガネ、付け鼻のため人相も不明だ。濃い化粧をしているため、肌の質感で年齢を判別することもできなかった。

お前も含め、協力しているスタッフがいるのはわかってる、と毅は首を振った。

「だが、そいつらはあくまでも使われているだけの存在だ。直接、このアンサーゲームを仕切っている人間と話がしたい。その中には女性もいるんだろう。正体を知りたいとか、そういうことじゃない。いったい何の目的があって、こんなことをしているのか――」

二度、ブザーが鳴った。あなたとのお喋りは大変楽しいのですが、とピエロが微笑んだ。

「残念ながら時間切れです。わたしは単なる司会者に過ぎません。今のブザーは、最終問題開始の合図です」

「何の意味がある？　こんなことをして、どんな得があるんだ？　おれたちの結婚に反対なのか？　別れさせたいってことか？　納得できる理由があるなら、考えたっていいんだぞ」

モニターをご覧くださいというピエロの声と同時に、画面が切り替わった。そこに浮かんだ一行の文を見て、思わず毅は息を呑んだ。

『あなたは樋口毅様を信じておられますか』

＊

モニター上の最終問題を目にして、里美は小さく息を吐いた。毅の読み通り、イエス、ノーで答える問題だった。

制限時間は三分だが、それでも多いぐらいだ。三十秒でも構わない。

最後のディスカッションで、毅と約束をした。どんな問題が出題されたとしても、事実に関係なくイエスと答えると決めていた。

考える必要も迷うこともない。ただ、フリップにイエスと書けばいい。

マジックを握り、フリップを取り上げた。これですべてが終わると思うと、全身の力が抜けていく感覚があった。

十秒が経ち、二十秒が過ぎた。三十秒経過、という合成音声が流れたが、里美はマジックを握った手を動かすことができなかった。

毅のことを信じていた。少なくとも、ここに閉じ込められるまでは。

何もかもということじゃない。あたしにも隠している秘密があるし、彼にも話せないことがあるだろう。

それは誰にとっても当たり前の話で、真実が他人を傷つけることもあるし、黙っていた方がいい場合があるのも知っている。子供ではないのだから、感情を剝き出しにしても、得をすることはないとわかっていた。

言っていいことと、言わなくていいことの区別はつく。すべてを話すことが真実の愛ではないはずだ。

だけど。

アンサーゲームが始まってから、何時間経ったのだろうか。その間、さまざまなことが起きていた。

毅の過去の女性関係について、怒りはなかった。聞いていない女もいたから、嘘をつかれたことになるのかもしれないが、あたしも話していない男がいる。

あたしのことを友人と笑ったり、悪趣味な冗談の種にしていたことも許せる。友人同士の会話の中で、彼氏、彼女を笑いのネタにするのは、よくあることだ。

そうではなく、本質的な部分で毅を信じられなくなっている自分がいることに気づいていた。

結婚は主従関係を結ぶための儀式ではない。お互いの立場は対等で、そうあるべきだと毅自身も常に言っていた。

それなのに、毅は最初から最後まで、アンサーゲームについて自分の意見だけを主張し、あたしの考えを否定し、切り捨てた。

お前は考えるな、そう言いたかったのだろう。最後もそうだ。あれは命令だった。

頭の悪いお前がろくでもないことを考えたり、余計なことをする必要はない。何でもおれに従っていればいいんだ。

そう思っているのがわかった。それこそが、樋口毅という男の本質なのだろう。

確かに、最初の段階であたしはパニックに陥っていたし、冷静な判断力を失っていた。泣くことしかできなかったのも本当だ。

落ち着かせるためにも、強い態度で接しなければならなかっただろう。どちらかがリーダーシップを取る必要があったし、それは自分の役目だと毅が考えたのはやむを得ない。

それでも、三問目をクリアした頃には、あたしも冷静さを取り戻していた。何をどうするべきか、考えることもできたし、自分なりの意見や発見もあった。

それなのに、毅は何ひとつ聞こうとしなかった。

ディスカッションについてもそうだ。最初にあたしがディスカッションを要請した時、毅は怒っていた。三回しかないチャンスをこんなことで使うのか、と罵られた。

理屈だけで言えば、その通りかもしれない。アンサーゲームにおいて、与えられた武器はディスカッションだけだ。無駄に使うことはできない。

でも、あの状況でお互いの無事を確認しようと思うのは、人間なら当たり前だろう。夫の、妻の安否を心配するのは、誰だって同じはずだ。

その後、トークタイムでPHSで話した時、マッチングさせるために、どちらかの考えに合わせようと毅が言った。そして、あたしに合わせると。

それを聞いた時、嬉しかった。あたしに負担をかけないようにしてくれている。そう思った。

だけど、よく考えてみれば逆だったのではないか。

——里美に他人のことを考える能力はない。あいつには任せられない。

毅にそういうところがあるのは、前から気づいていた。冷酷とは言わないが、独善的で常に冷静な男だ。優しさや思いやりに欠けるのは、人生のあらゆる局面で勝ち続けてきたためなのだろう。

特に仕事に関してはそうだった。取引先の事情や担当者の感情を無視して、ビジネスライクにすべてを決めていく。

営業マンとしては正しいかもしれないが、そのやり方を続けていくと、どこかで落とし穴に落ちるのではないか。アシスタントを務めていた時からそう思っていたし、冗談に紛らわせて言ったこともある。

でも、結果を出しているのだから、何の問題もないと自信たっぷりに答えて、それきりだった。

仕事についてだけ言えば、そうかもしれない。だけど、結婚して家庭にもそのやり方を持ち込まれたらどうなるのか。

この異常な状況では、人間の本質が出る。あたしの話を聞こうとせず、一方的に自分の意見を押し付けてくる毅を信じていいのだろうか。

ピエロとの話は、それぞれ個別に行なわれていたから、毅が何を話していたのかはわからない。ピエロと交渉して、自分だけに有利な条件を引き出しているかもしれなかった。

マッチングするにせよしないにせよ、ここにある一千万円の現金や、自分の預貯金を含め全財産を渡すから、自分だけは助けてくれと言った可能性もある。

商社マンが毎日繰り広げているビジネスは、サバイバルゲームだ。そして、毅はそこでトップの成績を上げていた優秀な戦士だった。

勝つためなら、どんな手だって使うだろう。それが妻であるあたしへの裏切りだとしても。

「一分経過。残り時間二分です」

ピエロの声が流れてきたが、マジックを握りしめた指は動かなかった。

『あなたは樋口里美様を信じておられますか』

＊

予想通りだ、と毅はうなずいた。

ディスカッションの際、里美にも話していたが、最後はイエスノーで答えられる問題しか出題されないという確信があった。

奴らの狙いは、里美との間にある愛情を破壊することだ。回答にいくつも選択肢があったり、解釈によって答えが変わるような問題であれば、ミスマッチングしたとしても、弁解の余地が生まれる。

出題する側の説明不足、問題そのものに引っかけの要素があった、男と女とでは考え方が違う、どんなことでも言えるだろう。

反論を封じるためには、イエスかノーか、という問題を出すしかない。

現実とは関係なく、自分と里美はイエスとフリップに書くと決めている。甘く見られたものだ、と苦笑が漏れた。

これまでのことを思い浮かべた。本音を言えば、里美のことを信じていなかった。信じられるはずがない。ここまでのアンサーゲームで、里美は何度もミスを繰り返していた。

最初のクエスチョンでミスマッチングになったのは、お互いに状況を理解していなかったからで、それはおれにも責任があるが、その後の里美の行動は間違いだらけだった。怖い、助けてと泣き叫び、思考停止と混乱が長く続いた。判断力を失い、おれに頼るだけで、自分では何もしようとしなかった。

無意味なディスカッションを要請し、貴重なチャンスをドブに捨てた。モニターでお互いの姿を見ているのだから、無事を確認する必要などなかった。下着一枚になっているからといって、それがどうしたっていうんだ?

プロポーズについての問題もそうだ。あんな簡単な問題を間違えるなんて、どうかしているとしか思えない。

その前のスペシャルな特典とかいう一分間のやりとりで、おれは京都というキーワードを告げた。その時点で回答は決まっているも同然だったのに、余計なことを考えるからミスマッチングしてしまい、全身に酢の混じったホイップクリームを浴びる羽目になった。

おれたちの姿を見ていた連中は、爆笑しただろう。いい恥さらしだ。

これまで、何人の男と付き合っていたとしても文句を言う気はない。男の腕にしがみつくようにして、青山のバーに入っていく後ろ姿を見ていたが、その後のことは想像がついた。許せると言えるほど寛大ではないが、自分と秋江のことを思えば、責めるつもりはなかった。

この馬鹿げたゲームを終わらせるために、現実や自分の感情は抜きにして、機械的にイエスと答えろと命じた。当然、里美はフリップにイエスと答えを書くしかない。おれのことを信じていると書けば、マッチングする。アンサーゲームはそれで終わりだ。

マジックを取り上げた。『イエス』と書くか、それとも『わたしは妻、里美のことを一生信じます』とでも書いてやるか。

後のことを考えれば、大袈裟な表現を使った方がいいかもしれない、と皮肉な笑みが頬に浮かんだ。だが、手は動かなかった。

里美がイエスと書くかどうか、かすかな疑念があった。

あの女は馬鹿だが、始末の悪いことに、自分は頭がいいと思っている。おれに従っていれば万事丸く収まるのに、勝手な考えを巡らしているかもしれない。

おれが里美を信じていないのと同じように、里美もおれを信じていないのは確かだ。

絶対にピエロは秋江との関係を写真や映像で見せている。秋江が女子高生だと、伝えてもいるだろう。そんな男を信じられるはずがない。

おれが自分だけ有利になるようにしている、と考えていることもあり得る。ピエロと裏取引をしているのではないか、と疑っている可能性さえあった。

罠に引っかからないためには、考え過ぎなければいい。イエスと書け、とおれは命じた。これ以上ないほど、簡単な指示だ。

だが、里美がその裏を読んで、ノーと書くこともないとは言えない。その確率の方が高いかもしれない。

そこまで考えると、簡単に答えを書くことはできなかった。どっちだ。里美は何を考えてる？

時間さえあれば、と唇を嚙んだ。今までのように、三十分という時間が与えられていれば、里美の思考をトレースして、何を考えているか推測することができたかもしれない。

だが、最終問題のシンキングタイムを三分と決めたのは自分自身だった。有利になるはずだった条件が、一瞬で逆転していた。

唇が切れ、鉄の味がした。残っていたペットボトルの水を口に含んで、そのまま吐き捨てたが、不快な感触は消えなかった。

聞こえないのはわかっていたが、里美、と怒鳴った。言われた通りに書け。それだけでいい。
残り時間一分です、とピエロの声が響いた。

「念のため申し上げておきますが、どんなに大声を出しても、里美様の耳に届くことはありません」

黙ってろと怒鳴って、モニターを見た。カウンターの数字が00：52になっている。あっと五十二秒。

あっと言う間に数字が減っていき、四十秒を切り、残り時間が三十秒になった。

それでも、毅はフリップに回答を書き込むことができなかった。

＊

三十秒、と里美はマジックペンを握り直した。

回答をフリップに書かなければならない。イエス、もしくはノー。それだけだ。一秒で書ける。

「あなたは樋口毅様を信じておられますか」

モニターに浮かんでいる一行を、声に出して読んだ。あたしは毅を信じているのだろうか。

信じていた。それは間違いない。本心から言い切れる。昨日まで、あたしは確かに彼を信じていた。

だけど今、あたしは毅のことを心から信じていると言い切れるのか。

最後のディスカッションの時、彼はこう言った。

「どんな問題が出ても、イエスと答えろ。おれもそうする。それだけでマッチングが成立する」

うなずいたが、違和感があった。なぜ彼は、あそこまで強い口調で命令したのだろう。

独りよがりで、自己愛が肥大している。誰のことも信じようとしない。周りは自分に従えばいい。そういう男だ。

彼はあたしのことを信じていない、いない、いない、と里美は改めて理解した。結婚する相手のことさえ信じようとしない。そんな男。

どんな問題が出てもイエスと書け、と彼は言った。それがアンサーゲームの必勝法だと、あたしもわかっている。

マッチングすることだけが正解のアンサーゲームにおいて、絶対的な攻略法はそれしかない。

ただし、それはお互いへの信頼感があってこその話だ。あたしのことを信じていない男を、信じていいのか。

モニターに目をやると、00：21という数字が見えた。

何の問題もない。イエスとフリップに書き込めばいいだけの話だ、と毅はマジックペンの先をフリップに押し当てた。

＊

ただ、気になっていることがあった。ピエロの言葉だ。

『過去、三度アンサーゲームを行って参りました。あなたが最も優秀な回答者だと、わたしは確信しております』

自分たちが初めてではない、ということはわかっていた。ピエロ自身が第四回アンサーゲームだと言っていたし、それを隠すつもりもないようだった。

気になったのは、「あなたが最も優秀な回答者だと確信している」とピエロが言ったことだ。

つまり、過去にアンサーゲームをクリアした者はいないことになる。最終問題までたどり着いたのは、自分たちが初めてなのだろう。だから、ピエロはあんなことを言った。

いったいなぜだ、と辺りを見回した。

冷静に考えれば、アンサーゲームは決して難しくない。それはここまでの九つの問題を思い返せばすぐわかる。慎重に対応すれば、ミスマッチの可能性は低い。

にもかかわらず、クリアした者はいない。なぜなのか、理由がわからなかった。

もちろん、誘導に引っ掛かったということはあっただろう。自分たちがそうだったように、過去の異性との関係を持ち出され、写真や動画、あるいは意図的に編集したメールや電話の音声などによって動揺し、ミスマッチを繰り返したカップルもいたはずだ。

だが、すべてのカップルがそうだったとは考えにくい。アンサーゲームをクリアした者がいないというのは、不自然過ぎる。

何か隠された意図があるのか。優秀な心理学者、カウンセラーのようなスタッフがいるとすれば、人間の心を誤誘導《ミスリード》することもできるかもしれない。

モニターを見つめた。すべてはコントロールされているのか。この最終問題にも、心理的なトラップが仕掛けられているのか。

残り時間十五秒。どうすれば奴らの裏をかくことができる？

マジックペンを握ったまま、固く目をつぶった。考えろ、考えろ、考えろ。

里美の心理を読み切った上で、回答を出さなければならない。

どんな問題が出題されても、イエスと書けとおれは命じた。里美もそうすると答えた。

アンサーゲームの絶対的な必勝法はそれしかない。なぜ気づかなかったのか、と思えるほど簡単な方法だ。

ただ、この必勝法にはひとつだけ条件があった。お互いの間に絶対的な信頼感があるかどうか、それが鍵となる。

イエスと書くと決めても、本当に書くかどうかはわからない。互いに〝イエスと書く〟という信頼があってこその必勝法だ。

おれにもミスがあった、と毅はつぶやいた。里美を頭ごなしに叱り付けたり、強く命令するべきではなかった。

一方的に責められれば、誰でも感情的に反発するだろう。それが不信感に繋がるのは、わかりきった話だ。失敗だったと舌打ちしたが、今となっては遅い。

二人のディスカッションを、ピエロたちは聞いていた。どんな問題に対してもイエスと答えると決めたことも知っている。

奴らにできるのは、動揺を誘うことだけで、狙われるのは里美だ。弱点を攻めるのは、ゲームの常道だろう。

この三分の間に、ピエロが里美と何を話したかはわからないが、ピエロたちは人間の心の弱さを熟知している。やはり、秋江のことを話したのか。

それでも、とペンを握って考えた。里美はおれを信じるしかない。あいつはそういう女だ。

自分で何かを決めることができない。責任を取りたくないからだ。今までだって、すべてをおれに任せ、頼り、従ってきた。

里美は必ずおれの命令に従う。フリップにイエスと書く。それですべてが終わりだ。

天井のスピーカーからブザーの音が聞こえて、毅は顔を上げた。モニターの数字が00：05になっていた。

「ファイブ、フォー、スリー、ツー……」

ワンと合成音が数字を言うのと同時に、毅はフリップに回答を書き込んだ。

＊

カウンターが00：10になっていた。時間の感覚がおかしくなっている。三分のシンキングタイムは、体感として数秒だった。

里美はペンを握り直した。もう一度だけ考えよう。

イエスか、それともノーと答えるのか。それは毅を信じるのか、信じないのかということでもある。

彼を信じるなら、迷わずイエスと書けばいい。信じないなら、ノーと書くしかない。

信じたいと思っていたが、毅は何よりも自分自身の都合を優先する。少しでもリスクがあると判断すれば、悪びれることなく手のひらを返す男だ。

危険だと判断すれば、まず自分を守ることを考える。そのためなら嘘をつくこともあるし、裏切るという意識さえなく、平気で立場や心を変えるだろう。

責めているのではない。彼はどこにでもいるごく普通の人間だ。常識もあり、社会のルールを守ることもできる。

あたしもそうだ。だからこそ、その怖さがよくわかった。

善人であっても、いや、善人であればこそ、自分を守るためには何をするかわからない。

どんな問題が出ても、イエスと書け。強い口調で、毅はそう言った。それ以外、マッチングするための絶対的な攻略法はないと。

でも、世の中に絶対はない。頭のいい彼はそれをよく知っているはずだ。それなのに、断言できる根拠は何だったのだろう。

強く言わなければ、あたしが従わないと思ったのか。だとすれば、それはあたしを信じていないと言っているのと同じだ。

あたしのことを信じていない人を、信じることができるだろうか。

ブザーの音が鳴った。モニターの数字が00：05になっていた。

「スリー、ツー、ワン……」

考えるより先に、手が動いていた。自分の意志とは関係なく、指がフリップに回答を書き込んだ。

「……ゼロ」

大音量でブザーが鳴った。指先から、ペンが床に落ちた。

＊

フィニッシュです、とモニターに現れたピエロが宣言した。

「フリップを伏せてください。ペンには触れないように。これ以降、回答の変更はもちろん、新たな書き込みを禁じます。よろしいですね？」

毅はペンを床に放り、何も書かないと両手を広げた。

「お前たちがどんな難癖をつけてくるかわからないからな。回答として認められないとか、そんなことを言い出して、もう一度やり直せと言われても困る」

難癖とは酷い表現ですね、とピエロが甲高い声で笑った。

「むしろ逆です。わたしが心配しているのは、あなたが巧妙な論理のすり替え、その他によって、ミスマッチだったとしても延長戦を要求してくることです。最終問題にイエスorノーで回答できる問題を出題したのは、それへの対策でもありました。イエス、ノー、いずれにしても、そこに解釈の余地はありません。マッチングするかミスマッチとなるか、確実に判定するためには、これしかないのです」

そうだろう、と毅はうなずいた。まったく同じ論理で、最終問題はイエスｏｒノーの二択の形で出題されると考えていたが、それは正しかった。

「いかがですか、今のお気持ちは」ピエロがテーブルの上にあったマイクを摑んで、カメラに向けた。「マッチングするか、ミスマッチか。すべてはお二人のフリップの中にあります。どうでしょう、不安ではありませんか？」

もういい、と毅は手を振った。

「今さら焦《じ》らしてどうなる？　言うまでもないが、マッチングしてゲームをクリアしたら、おれたちを解放する約束を忘れるな。もうひとつ、金も賞品もいらない。その代わり、ここを出たらすぐ警察に通報する。お前たちは必ず逮捕される。考えただけでも笑えてくるよ」

ルールは守ります、とピエロが合図をした。金属のきしむ鈍い音に、毅は周囲を見回した。

後方の壁がゆっくり上がり始め、三十センチほどの隙間ができていた。

やっぱり業務用コンテナか、と毅はつぶやいた。

「ドアはなく、代わりに壁が開閉する。自動車を輸送する際によく使われているコンテナだ」

博識ですね、とピエロが微笑んだ。

「マッチングすれば、このまま壁を上げていきますので、そこから出ていただいて結構です。参考までに申し上げますと、里美様のコンテナはあなたから見て左側、二メートルほど離れた場所にあります。里美様の方の壁も同じように上げておりますので、大声で呼びかければ聞こえるかもしれません」

ただし、椅子から立たないでくださいとピエロが言った。

「ここからがクライマックスです。お互いのフリップをオープンして、回答を確認するまで、立ち上がらないように。よろしいですね？」

里美、と毅は座ったまま叫んだ。三十センチの隙間から、外は見えない。夜になっているのだろう。見えるのは暗い闇だけだった。

毅、と細い声が聞こえた。里美の声だ。おれだ、と毅はもう一度叫んだ。

「無事か？　もう大丈夫だ。この馬鹿げたゲームは終わる。あと少しだけ我慢しろ」

わかった、という返事と共に、潮の香りがコンテナ内に入り込んできた。海が近いようだ。

「ここはどこだ。港か？」

マッチングすれば、ご自身の目で確かめられますとピエロが言った。

「ミスマッチなら、ここがどこであっても関係ないでしょう。さて、よろしいでしょうか。ただ今より、最終問題のアンサーを発表致します!」

荘厳なパイプオルガンの音がコンテナ内に響き渡り、ドラムロールが重なった。

「では、モニターに顔を向けてください。フリップは伏せたままでお願いします」

モニターが切り替わり、フリップを胸の前で抱いている里美の姿が目に飛び込んできた。

呼びかけても結構ですよ、とピエロの声がした。

「里美!」

「毅!」

お互いの声が交錯した。大丈夫かと声をかけると、あなたこそ、と里美が引きつった笑みを浮かべた。

「どうして……いったい誰がこんなことをしてるの?」

永和商事の人間だ、と毅はうなずいた。確信があった。

「ピエロとそのバックにいる奴らについて、ずっと考えていた。間違いない。役員クラスも関わっているんだろう」

どうしてそう思うの、と里美が言ったが、声の様子から、里美自身もその可能性に気づいていたことがわかった。

おれたちの個人情報に詳し過ぎるからだ、と毅は答えた。

「会議室でおれが社内の友達と電話で話していた映像を見たな？　あれは会社に設置されている防犯カメラの映像だ。見ることができるのは、うちの総務部と警備会社の人間だけだが、警備会社にこんなことをする理由はない。もうひとつ、狙われていたとお前は言っていたな？　あれも根拠のひとつだ」

「どういうこと？」

お前が大学を卒業すれば、永和商事に入社する可能性は高かった、と毅は言った。

「永和は日本有数の総合商社で、大勢の大学生が就職を希望する人気企業だ。お前の叔父さんは役員で、コネとして強力なのは言うまでもない。お前が希望すれば、永和に入社することは十分に可能だった。奴らはアンサーゲームの回答者を、監視が簡単にできる永和グループの社員から選んでいるんだろう」

「だから、大学の時から監視されていたの？　でも、どうして？　意味がわからない。それに、毅のことも調べていたのはどんな理由があったの？」

お前の結婚相手がおれだったからだ、と毅は顔を手のひらで拭った。

「プロポーズして、結婚すると会社に報告したのは、結納を終えた後だから、十カ月ほど前か？　それで奴らは動き出した。おれたちは永和商事本社の社員で、監視対象として都合がよかった。どうやっておれの過去を調べたのかもわかってる。ＱＵＢＥを使ったんだ」

グーグルに代表される検索エンジンは、対象に関連するワードを入力すると、AIがSNSはもちろん、インターネット上にある膨大なデータから関連する情報を抽出し、情報量や閲覧頻度などによって優先順位を決めて詳細な情報を伝える。

だが、QUBEに搭載されているシンギュラリティAIは、速度、関連性による紐付け、重要度の分析、あらゆる面で従来の検索エンジンより圧倒的な高性能を誇っていた。この十年でウェブサイト検索エンジンの中でシェアがトップになったのは、そのためだ。

「エイワQUBE社は次世代型QUBEの開発に取り組んでいる。完成は数年後と聞いているが、それを使っておれたちの過去を調べたんだろう」

そんなことをしてどうなるの、と里美が涙声で叫んだ。

「目的は？　それに、いくらQUBEだって、あたしたち二人だけの会話を盗聴するなんて、できるはずないでしょ？」

そこはわからない、と毅は首を振った。里美の問いは、そのまま自分の疑問でもあった。

永和商事がアンサーゲームに深く関わっているのは間違いない。だが、理由も目的も不明だ。

QUBEがどれだけ高性能であっても、できないことはある。にもかかわらず、コンピューターやAIの限界を超える形で、すべての情報を収集していた。どうすれば、そんなことが可能なのか。

「ただ、これだけははっきり言える。おれは永和商事を辞めて、プライバシー侵害で訴えてやる。何が〝社員は家族なり〟だ。ふざけるのもいいかげんにしろ！」

よろしいでしょうか、と遠慮がちにピエロが二人の会話に割り込んだ。

「会社をお辞めになる、告訴する、それはお二人の自由で、権利でもあります。ですが、その前に最終問題をクリアしていただかなければなりません。ミスマッチの場合は罰ゲームが待っているのをお忘れなく。辞めるとか訴えるとか、そんな物騒なことをおっしゃるより――」

何を言ってる、と毅は怒鳴った。

「いいか、おれは言ったことは必ずやるぞ。社員はお前たちのオモチャじゃない。何をしても許されると思ったら大間違いだ。これは犯罪以外の何物でもない。永和のイメージは地に堕ちるだろうが、それは自業自得だ。他の奴を選ぶべきだったな。おれたちをアンサーゲームに参加させたことが間違いだったんだ」

おっしゃる通りかもしれません、とピエロがほとんど聞き取れない声で言った。

「ですが、ルールはルールです。フリップをオープンして、お互いの回答をご確認ください」

「いいだろう。さっさと済ませよう。フリップをお互いに見せて、マッチングを確認すればいいんだな？」

わたしの合図で、とピエロが言った。

「カウントします。よろしいですね？　スリー、ツー、ワン。オープン」

毅はフリップをモニターに向けた。

＊

里美は両手で持ったフリップを、モニターに突き付けるようにした。

＊

毅は自分のフリップを見つめた。

end of the game（ゲーム終了）

ミスマッチです！　とピエロが陽気な声で言った。

「いや、驚きました。自分の目が信じられません。いったい何が起きたのやら……もう一度、フリップを確認させていただけますでしょうか。樋口様がフリップに書いた回答はノー、そして里美様はイエスと書かれています。間違いありませんね？」

目をつぶった毅の耳に、里美の罵声《ばせい》が突き刺さった。

「どうして？　あなたが言ったのよ？　どんな問題が出ても、イエスと書けとあなたが言った。だから、あたしはその通りにした。あなたを愛し、信じていたからイエスって書いた！　それなのに、どうしてノーなんて書くの？　どうかしてるんじゃない？」

違うんだ、と毅はテーブルを両手で強く叩いた。

「イエスと書けと言ったのはその通りだが、考えてみろ。このアンサーゲームは過去に何度も行われている。決して難しいゲームじゃない。それなのに、クリアしたカップルがいないというのは、どう考えてもおかしい。そうだろ？」

あなたは馬鹿よ、と里美がカメラに向かってフリップを投げ付けた。聞いてくれ、と毅は身を乗り出した。

「どうしてそうなったのか、理由を考えてみた。結論はすぐに出た。奴らがどちらかの心を誘導して、ミスマッチするように仕向けたから、どのカップルもクリアできなかったんだ。おれとお前のどちらが誘導されやすいか、それは――」

あなたよ、と椅子から立ち上がった里美がカメラに顔を近づけた。

「自分で言ってたじゃない。考え過ぎたら、奴らの思う壺だって。その通りよ。あなたは自分で勝手にピエロたちが用意していた罠に首を突っ込んだの。自分じゃ頭がいいつもりなんでしょうけど、本当の馬鹿はあなたよ！」

鬼女のような形相で絶叫した里美が、カメラに指を突き付けた。

「ここを出たら会社を辞める？　訴える？　その前にしなきゃならないことがあるのを忘れないで。離婚届を出すの。あたしが何も知らないと思ったら大間違いよ。あなたが先輩の奥さんを寝取ったのは――」

よくそんなことが言えるな、と毅は足元のペンを拾って、思いきり強くモニターに投げ付けた。

「お前はおれと婚約した後で、昔の男と寝ていた。それが不貞じゃなくて何なんだ？　尻軽女のお前は、一生誰とも結婚できない。そんなお前に、おれのことを非難する資格なんかない！」

東山課長のことでしょ、と里美が金切り声で叫んだ。

「そうよ、知ってたんでしょ？　電話でHさんとか言ってたのを見たし、今さら隠すつもりもない。あたしは課長と不倫してた。あの人はあなたと全然違う。すごく優しくて――」

何のことだ、と毅は立ち上がった。

「H？　営業の日野《ひの》さんのことだ。あの人がお前に片想いしているのは、誰だって知ってる……待て、東山課長と不倫してた？　どういうことだ？」

お二人とも落ち着いてください、と切り替わったモニターに映ったピエロがなだめるように言った。

「責任のなすり合いは、見ていて美しくありません。何度も申し上げたはずです。アンサーゲームに勝利するためには、真実の愛と信じ合う心が重要だと。お二人にはそれがなかった。負けたのは必然だったのです」

もういい、と毅はモニターに近づいた。

「お前たちの目的が何だったのかわかったよ。おれたちの関係を引き裂くために仕組んだんだな。負けたよ。もうおれたちは終わりだ。だがな、終わるのはおれたちだけじゃない。お前たちもだ。おれたちを拉致し、監禁したのは犯罪で――」

お待ちください、とピエロが言った。

「まだアンサーゲームは終わっておりません」

「何を言ってる？　三回ミスマッチしたら、それでゲームオーバーだと言ったのはお前じゃないか！」

遠足は家に帰るまでが遠足です、とピエロが微笑んだ。

「小学校で習いませんでしたか？　ゲームにはルールがあります。あなた方お二人はミスマッチを三回されました。従って、罰ゲームを受けなければなりません。そこまでがアンサーゲームなのです」

何でもしろよ、と毅は壁を蹴った。

「粉でも降ってくるのか？　それとも落とし穴でもあるのか？　何でも付き合ってやるよ。おれたちを笑いものにしたいなら、さっさとやればいい」

まず壁を降ろしましょう、とピエロが合図した。金属のきしむ音と共に、後方の壁がゆっくり下がり始めた。

待て、と毅は叫んだ。

「何をするつもりだ？　どうして閉める？」

「開けておいた方がよろしいですか？　わたしとしては、お二人のために蓋を閉めた方がよろしいかと思ったのですが……それでは開けたままにしておきましょう」

何をするつもりだ、と毅は同じ言葉を繰り返した。得体の知れない恐怖が忍び寄っていた。

ですから罰ゲームです、と答えたピエロがゆっくり立ち上がった。

「最初からお伝えしているはずです。ミスマッチが三回になるとゲームオーバーだと」

冗談は止せと怒鳴った毅を憐《あわ》れむように見つめていたピエロが、右足を引きずりながら画面から去っていった。

モニターが切り替わり、そこに里美が映った。怯えた表情が浮かんでいた。

「見たか？」

見た、と里美がうなずいた。

「あのピエロは――」

いきなりコンテナの前方が上がり、毅は咄嗟《とっさ》にテーブルにしがみついた。傾斜が大きくなり、すぐに垂直になった。コンテナが吊り上げられているのだ。

椅子の背を腕で摑んだまま、馬鹿なことは止めろと宙吊りになった状態で毅は怒鳴った。

「水が！」

モニターの中で、同じように宙吊りになっている里美が叫んでいた。恐怖のために、顔が歪んでいる。

首だけを回して、毅は下を見た。コンテナの下部に水が溜まっていた。潮の香り。海水だ。

「まさか、罰ゲームって……」

何かが千切れる大きな音がした。すぐに大きくコンテナが揺れ、同時に、後方の壁の隙間から海水が流れ込んできた。

「里美！」

モニターに里美は映っていなかった。テーブルとパイプ椅子があるだけだ。椅子が水に呑み込まれていく。

「里美！」

水の中から、里美が顔だけを突き出した。腕がテーブルの脚を摑んでいる。

叫んでいるが、何を言っているのかわからない。すぐに水嵩《みずかさ》が増し、里美の姿が見えなくなった。

毅も腰の辺りまで水に浸かっていた。そして、あっと言う間に水が肩まできた。

このまま沈むのか。

ピエロが言っていたのはこのことだった、と毅は目をつぶった。

「わたしとしては、お二人のために蓋を閉めた方がよろしいかと思ったのですが」

コンテナを海へ沈める。それが罰ゲームだ。ゲームオーバーとは、人生の終わりの意味だった。

コンテナの壁さえ閉ざしていれば、これほど急激に浸水することはなかった。ピエロの憐れむような口調は、本心からのものだった。溺死するにしても、それまでに少しでも多くの時間を与えようと考えたのだろう。

その間、繋がっているモニターを通じて、里美と話すことができたはずだ。愛していると伝えるか、謝罪するか、それともただお互いを責め続けるか。いずれにしても、一人で死なずに済んだ。

すべてがトラップだった、とつぶやきが漏れた。最終問題でノーと回答したのは、ピエロが秋江のことを里美に話したと思い込んでいたからだ。

今までクリアしたカップルがいなかったから、というのは言い訳だった。罠にはめられたのではない。自分が自分に負けたのだ。

海水がコンテナを満たした。薄れていく意識の中で、毅はピエロの姿を思い浮かべた。

（いったい、何のためにこんなことを？）

目の前が真っ暗になった。そして、無。

＊

山手線のドアが閉まった時、何見てんの、と女が隣に座っていた男に訊ねた。二人は同じ大学に通う学生で、友達以上恋人未満という関係だ。

よくわかんないんだ、と男が顔を上げた。

「先月、QUBEの格安スマホに機種変しただろ？　そしたら、このアンサーゲームってアプリが最初からインストールされててさ」

「ゲームなの？　あたしにもやらせて」

手を伸ばした女に、そうじゃないと男が首を振った。

「おれも今日初めてこのアプリを開いたんだけど、ゲームじゃなかった。アンサーゲームっていうのはアプリのタイトルで、実際には……何だっけ、リアリティショー？　あんな感じでさ。カップルが問題に答えるんだけど、クイズじゃなくて、二人の回答が同じになるとマッチング、一致しないとミスマッチで罰ゲーム。十問クリアしないと、二人とも海の底に沈められる」

「それ、面白いの？」

ゼンゼン、と男が辺りを見回した。乗客の多くがスマホの画面を見つめている。次は渋谷、というアナウンスが流れた。

「おれは初めてだけど、今回で四回目とか言ってたな。でも、こっちはただ見てるだけで、何もすることないし、だらだら同じ展開が続くだけでさ。ゲームの進行役はピエロの格好をしてるんだぜ？　ダサくないか？」

「十問クリアしないと海の底に沈めるって、ホントなの？」

んなわけないだろ、と男が苦笑した。

「いや、それっぽく作ってはあるよ。妙にリアルなのも本当だけど、CGに決まってるじゃん。いくらリアリティショーでも、人が死んだらシャレになんないでしょ」

だいたい、設定に無理があり過ぎるんだ、と男が説明を続けた。

「出題される問題っていうのが、そのカップルの過去に関係することなんだけど、二十年前の個人情報なんて、どうやって調べるっていうんだよ。そんな昔のデータ、残ってるわけないだろ」

わかんないよ、と女が首を傾げた。

「ほら、何年か前、芸能人のLINEが週刊誌に載ったことあったでしょ？　ネットの情報なんて、どこから漏れてもおかしくないって言うし」

そんなの大昔の話だよ、と男がスマホを持ったまま言った。

「QUBEだってそうさ。永和商事が開発した検索エンジンで、セキュリティは世界一ってコマーシャルでもやってる。データ漏れなんてあるはずない」

そうかも、と女がうなずいた時、電車が渋谷駅に着いた。降りよう、と男が席を立った。

「時間の無駄だったよ。昼から見てたんだけど、とにかく長くてさ。編集が下手なんだと思うな。リアルタイムでゲームが進んでいくから、臨場感があるってことなんだろうけど、終わったのは今だぜ？　エンディングが気になったから、最後まで見ちゃったけど、ラストでカップルがミスマッチして、それで終わり。何の説明もなく、バッサリだぜ。クソつまんなかったよ」

ちょっと見てみたいかも、と女がホームを歩きながら言った。

「あたし、シェアハウスのあの番組好きな人でしょ？　リアリティショーって、何か見たくなるんだよね」

ショーはショーさ、と男が階段に足を向けた。

「アンサーゲームも同じだよ。最後の方になると、お互いに隠し事がバレて、怒鳴り合ったり泣いたり喚いたり……その辺はリアルで、面白いっちゃ面白いんだけどね。たぶんだけど、回答するカップルも本当に付き合ってる二人なんじゃないかな。だけどさ、あり得ないことばっかり起きるし、最後は二人とも死んじゃうなんて、それこそリアリティに欠けるよ」

言われて思い出したんだけど、と女が時計を見た。

「アッコだったっけ、ほら、あの子もQUBEスマホに変えたでしょ。アンサーゲームのこと言ってた。何か見ちゃうんだよねって。設定は嘘臭いけど、カップルの感情？　そっちはリアルだとか……」

改札を出たところで、男が足を止めた。目の前にスクランブル交差点があった。

「こんなクソゲー、どうでもいいよ。なあ、どうする？　映画の時間まで三十分あるけど、どっかでお茶でも飲むか？」

「いいよ、お金もったいないもん。それより、映画終わったら、ご飯どうする？」

オッケーQUBE、と男がスマホに顔を向けた。

「今夜八時、ディナー、渋谷、デート」

デートって、と女が男の二の腕を軽く叩いた。頬に笑みが浮かんでいる。

おれは最初からそのつもりだったよ、と男が照れたように視線を逸らした。

「ああ、出た出た。なあ、知ってた？　映画館の隣にハワイアンハンバーガーの店がオープンしたんだって。そこでいい？」

デートって、とまた女が笑った。

男が差し出した手を女が握った時、スマホの画面が一瞬紫色に光った。

「今の、何？」

さあ、と男が答えた時、スクランブル交差点の信号が青になった。手を繋いで歩きだした二人とすれ違った何人かの男女が、囁きを交わして、視線を逸らした。

「何だろう」

女の問いに、わかんね、と男が肩をすくめた。恋人未満から恋人同士になった二人にとって、他人のことはどうでもよかった。

横断歩道を渡り、道玄坂を上がっていった。背後にあるファッションビルの大型ビジョンに、ＡＮＳＷＥＲＧＡＭＥ　ＮＥＸＴ　ＣＨＡＬＬＥＮＧＥＲという文字と、二人の写真と名前が映ったが、お互いの顔しか見ていなかったので、それに気づくことはなかった。